KB088221

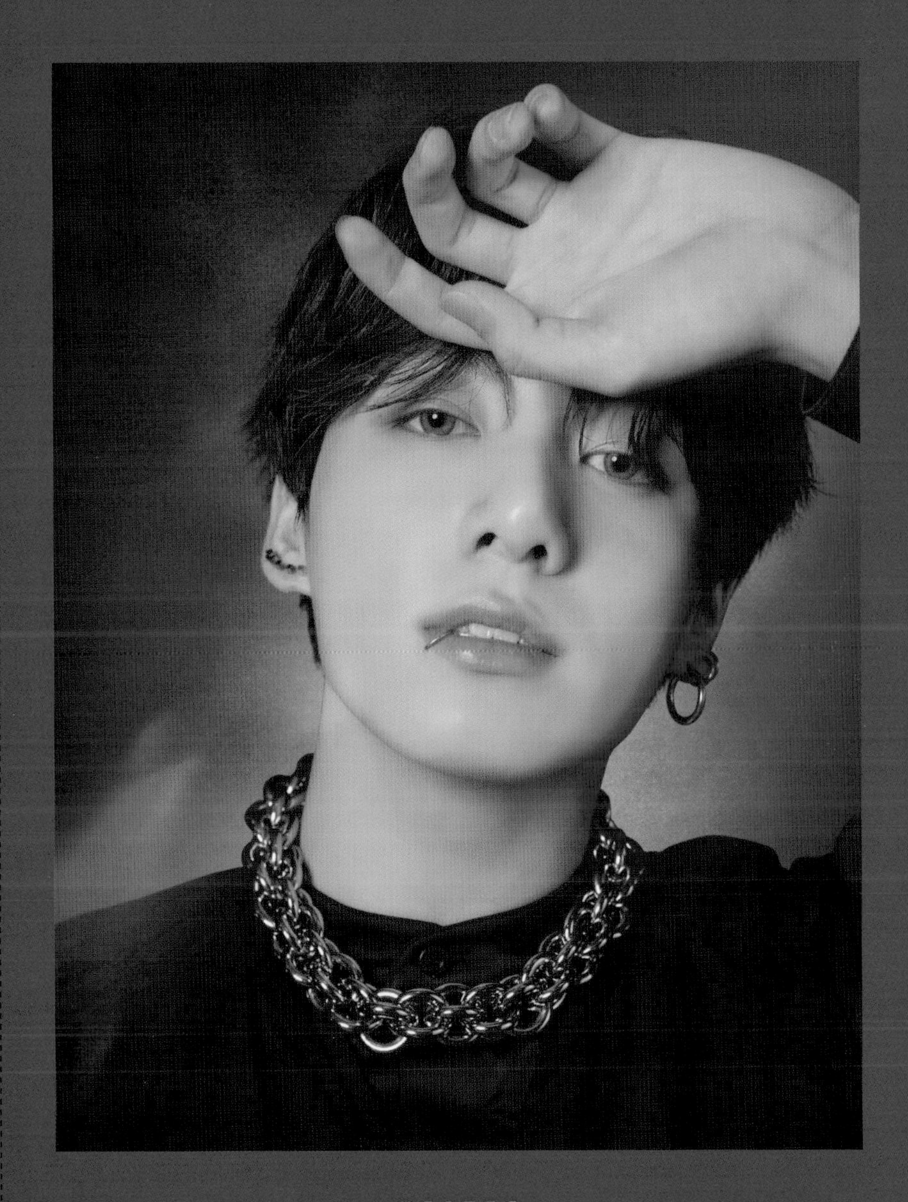

7FATES
CHAKHO
WITH BTS

7FATES
CHAKHO
WITH BTS

7FATES
CHAKHO
WITH BTS

7FATES

CHAKHO

WITH BTS

7FATES
CHAKHO
WITH BTS

7FATES
CHAKHO
WITH BTS

7FATES
CHAKHO
WITH BTS

7FATES

CHAKHO

WITH BTS

7FATES
CHAKHO
WITH BTS

기획/제작

HYBE

공동기획

7FATES CHAKHO

WITH BTS

1

WEBNOVEL

학산문화사

7FATES
CHAKHO
WITH BTS

차례

제 1 화
인왕산 살인사건

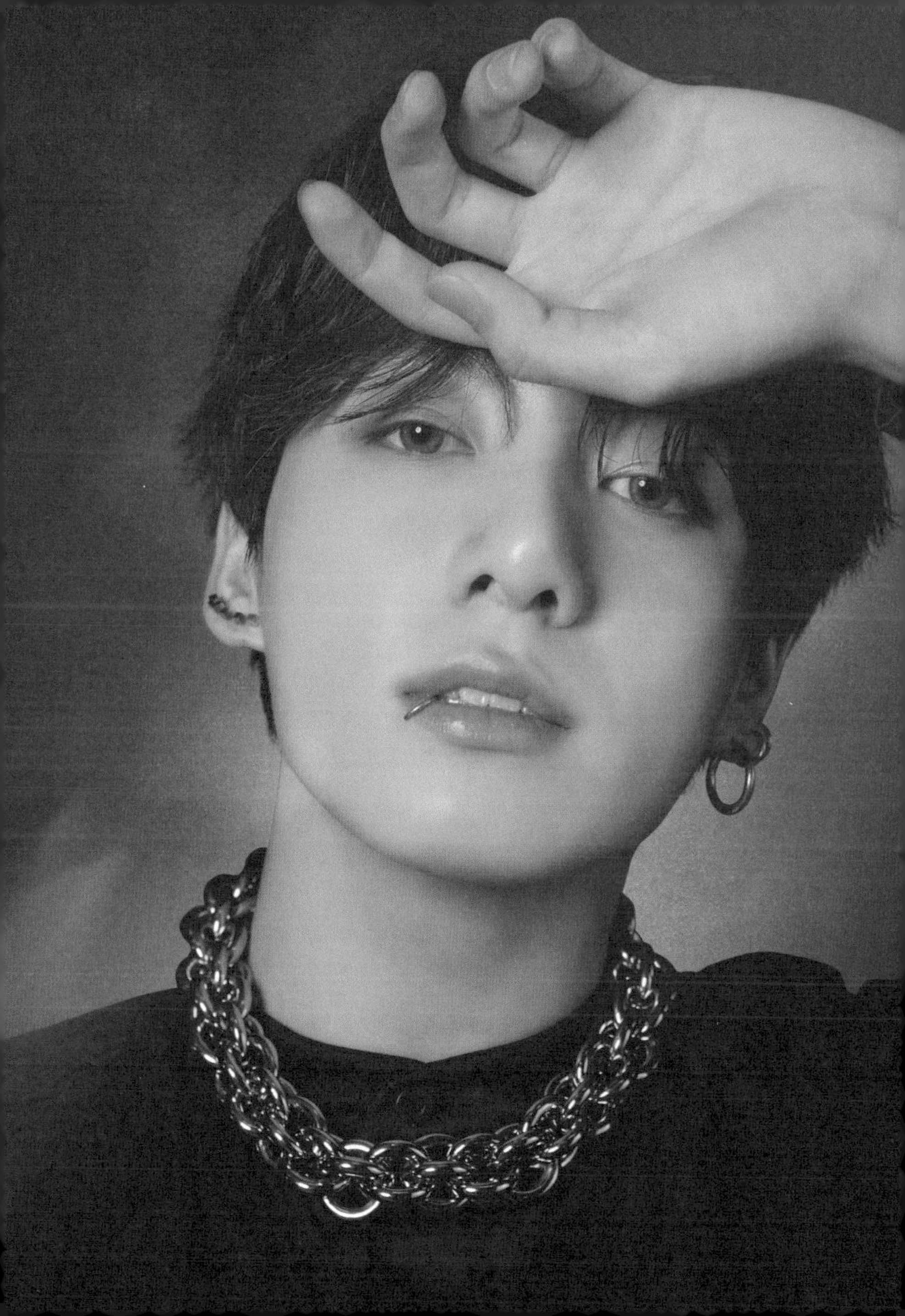

두……–

쿵……–

두……쿵……–

두쿵……–

두쿵–

땅 밑에서 일정한 속도로 들려오는 음산한 소음은 마치 심장 박동 같았다.

도시 전체가 심장이라도 되는 것처럼 울리는 소리가 스멀스멀 불길한 어둠을 만들어냈다.

그 끝을 알 수 없는, 농도 짙은 어둠이 커다란 덩어리가 되어 덮쳐왔다.

숨을, 쉴 수가…….

“허억!”

제하는 눈을 떴다.

“허억. 허억. 허억.”

거친 숨을 토해내며 눈을 부릅뜨고 천장을 응시했다.

깨끗한 흰색의 낯선 천장.

“대체…….”

주위를 둘러보기도 전에 화학약품 냄새로 이곳이 어딘지 짐작했다.

“병원……? 내가 왜……?”

병원이라는 걸 자각하자 온몸에 극심한 통증이 몰려왔다.

“큭!”

가슴에 손을 올리자 단단하게 감긴 붕대가 느껴졌다.

통증은 가슴에서 시작되고 있었다.

가슴이라고 하니 상황과 어울리지 않게도 심장이 떠오른다.

‘심장과 관련된 꿈을 꾼 것 같은데…….’

자세하게 기억나지는 않지만 무척이나 기분 나쁜 꿈이었다는 느낌은 남아 있었다.

불길한 어둠이 꿈에서부터 따라와 제하의 심장 부근에 똬리를 틀었다.

제하는 가슴에 손을 얹은 채 눈을 감고 통증이 가시기를 기다렸다.

'대체 무슨 일이 있었던 거지? 내가 왜 병원에……? 이 아픔은 또 뭐고? 언제 다친 거야?'

기억나는 게 없었다.

누군가 머릿속에 손을 집어넣어 뇌를 엉망진창으로 주물러 놓은 것만 같았다.

기억을 떠올리기 위해 애쓰자, 관자놀이를 관통하는 것 같은 두통이 찾아왔다.

"으윽……!"

몸을 움츠리고 한참을 끙끙거린 후에야 끔찍한 두통이 사라졌다.

'대체 내 머리에 무슨 일이 벌어진 거야?'

제하는 자신이 처한 상황을 도저히 이해할 수가 없었다.

또렷하게 떠오르는 마지막 기억은 집에서 나오다가 마주친 수상쩍은 남자였다.

"네 부모님이 어떻게, 그리고 왜 죽었는지 알고 싶지 않니?"

알고 싶었다.

보육원 선생님과 직원들은 아무 말도 해주지 않았다.

제하가 물어볼 때마다 그들은 난처한 표정으로 시선을 돌렸다.

부모님의 죽음에 대해 뭔가 미심쩍은 기억은 어렴풋이 있었지만 아무리 졸라도 말해주지 않으니 언젠가는 혼자서라도 알아내겠다고 각오했다.

하지만 그것도 어릴 때의 일이다.

성인이 되어 보육원을 퇴소하게 된 제하는 부모님에 관한 진실을 파헤치는 것보다 중요한 문제가 있다는 걸 알게 됐다.

먹고사는 문제.

신시에서 태어났다는 이유로 여러 특혜를 받기는 해도, 먹고살려면 돈이 필요했다.

하루 벌어 하루 먹고살아야 하는 처지에 부모님의 죽음에 관한 진실까지 파헤치는 건 사치였다.

사치스러운 각오는 잊히고, 아침 일찍 나가서 아르바이트를 하고 늦은 시간에 돌아오는 똑같은 일상을 반복하며 살아왔다.

기억은 희미했다.

부모님이 어쩌면 날 버린 것은 아닐까, 그리움은 원망으로 바뀌고 슬픔은 이내 덤덤해져 갔다.

그렇게 먹고사는 데 익숙해져 먹고사는 것 말고는 모든 게 희미해질 때, 마침 그 남자가 찾아온 것이다. 만약 그 남자가 조금만 더 어릴 때, 그러니까 아직 보육원에 있으면서 여러 가지 각오를 다질 때 찾아왔더라면 그 달콤한 미끼를 냅다 물었을 것이다.

하지만 제하는 이제 "삼촌이 사탕 사줄게."라는 말에 의심 없이 따라가는 순수한 어린아이가 아니었기에 사내를 향해 정중하게 대꾸했다.

"옘병."

친절하게 중지까지 들어서 보여준 후 성큼성큼 걸어가는 제하의 뒤를 사내가 따라왔다.

"이봐, 네 부모가 왜 끔찍하게 죽어야만 했는지 알고 싶지 않아? 어떤 식으로 어떻게 죽어갔는지, 얼마나 고통에 찬 비명을 질렀는지 알고 싶지 않냐고!"

사내의 말투는 의도를 가늠하기 어려웠다. 제하 부모님의 죽음을 비웃는 것 같기도 하고, 부모님의 죽음을 잊고 사는 제하에게 화가 난 것 같기도 했다.

"허이구, 그러셨어요? 무서워 죽겠네."

"인왕산, 거기에 네 부모님에 관한 비밀이 있지."

'인, 왕, 산.'

제하는 등을 돌린 채 미간을 찌푸렸지만 아무렇지 않은 척 대꾸했다.

"등산은 별로."

"제하."

들려온 이름에, 우뚝 멈춰 섰다.

휙 돌아서 사내를 노려보자, 사내가 이를 드러내며 씩 웃었다.

"어때, 내가 네 이름까지 아니까 관심 좀 생기나?"

"뭐, 내 이름을 아는 방법이야 많지. 그렇게 대단한 개인정

보도 아니라서. 그런데 말이야, 이 잘생기고 젊은 청년의 집이랑 이름까지 알아냈다는 건…… 당신, 혹시 스토커? 변태?"

사내가 콧등을 찡그렸다.

왜일까?

그 순간, 제하는 사내가 인간이 아닌 것 같다는 느낌을 받았다.

사람을 상대로는 한 번도 느껴본 적 없는 위압감이 어깨를 짓눌렀다.

사내가 금방이라도 맹수로 변해 목덜미에 송곳니를 박아 넣을 것만 같은 공포가 찾아왔다.

"네 어미가 무녀였다는 건 기억나나?"

사내가 성큼 다가왔다.

제하는 버티고 싶었지만 그럴 수 없었다.

저도 모르게 한 걸음 뒤로 물러났다.

"네가 네 부모와 인왕산 범바위 근처에서 살았다는 것도 잊었나?"

인왕산 범바위.

기억난다.

범바위 앞에 책상다리로 앉아 제하를 무릎에 앉히고 노래를 불러주던 굵고 낮은 음성.

제하의 머리를 쓰다듬어주던 커다란 손.

그 다정한 손길.

아버지…….

커다란 품에 안겨 범바위를 응시하다가 고개를 돌리면 옅은 미소를 띤 어머니의 얼굴이 보였다.

마주친 어머니의 눈동자에는 언제나 애정이 가득 담겨 있어서, 행복하다고, 좋다고, 그리 생각했던 기억이 난다.

그리고.

"도망쳐!"

아버지의 외침.

"제하야!"

마지막으로 들은 어머니의 목소리. 잊었던 십수 년의 세월이 찰나처럼 지나가며 뚜렷한 음성이 머리를 내리쳤다.

이걸 왜 잊고 있었을까?

제하의 눈동자가 술렁이는 걸 눈치챈 사내가 또 한 걸음 다가왔다.

이번에 제하는 뒷걸음질 치지 않았다.

사내가 속삭이듯 말했다.

"마침 날이 좋네. 인왕산 범바위에 가봐. 거기서 네 부모의 진실을 알게 될 테니."

사내가 몸을 돌렸다.

"이봐, 당신!"

가까스로 정신 차린 제하가 사내를 향해 손을 뻗었지만 사내는 이미 모습을 감춘 후였다.

사람이라고 생각할 수 없는 속도였지만 그걸 이상하게 생각할 정신이 없었다.

밀려드는 부모님과의 추억이 제하를 혼란에 밀어 넣었다.

그 비명은 뭐였을까?

어머니는 왜 그리도 절박하게 날 부른 걸까?

생각이 꼬리에 꼬리를 물고 이어졌다. 그때 주머니 속 휴대폰에서 알람이 울렸다.

제하는 마른침을 삼키며 휴대폰을 확인했다.

[음력 1월 16일.]

부모님의 기일.

이런 날, 그 수상쩍은 사내가 찾아와 부모님의 죽음에 관해 언급한 게 우연일까?

'아니, 그럴 리 없지.'

그래서 제하는 아르바이트를 하러 가지 않고 인왕산으로 향했다.

'그래, 나는 인왕산에 갔어. 버스를 탔고, 내렸고, 인왕산을 올려다본 것까지는 기억이 나. 그런데 그 이후에 무슨 일이 벌어진 거지? 왜 갑자기 병원에 입원해 있는 거야?'

그때 들어온 간호사가 깨어난 제하를 보고 놀라서 황급히 다가왔다.

"환자분, 깨어나셨네요. 몸은 좀 어떠세요? 아픈 곳은 없으세요?"

"가슴이 좀……."

"그러실 거예요. 가슴 쪽에 큰 상처를 입어서. 링거에 진통제 좀 넣어드릴게요."

간호사는 링거를 조작하며 계속해서 말했다.

"환자분, 3일 만에 깨어나신 거예요. 처음에 실려 오셨을 때는 상처가 너무 심하고 피도 많이 흘려서 걱정했는데, 이렇게 깨어나서 정말 다행이에요."

그날로부터 3일이나 지났다니.

간호사가 나간 후, 인왕산에서의 기억을 떠올려보려 했지만 진통제 때문인지 몽롱해서 쉽지 않았다.

졸다가 깨기를 반복한 지 얼마나 지났을까.

"제하 씨. 깨어나셨다고 해서 찾아왔습니다. 잠시 대화 가능하십니까?"

한 남성이 제하를 찾아왔다.

안경을 낀, 날카로운 인상의 남자였다.

처음 보는 얼굴이라서 의문을 담아 쳐다봤더니, 남자가 주머니에서 명함을 꺼내 내밀었다.

"신시 경찰청 강력계 형사 김수훈입니다."

제하는 명함을 받아서 확인했다. 경찰의 명함을 보는 건 처음이었다.

정장을 입은 수훈은 형사라기보다는 검사처럼 보였다.

"인왕산의 사건에 관해 몇 가지 질문드릴 것이 있습니다."

"인왕산……."

제하야말로 인왕산에서 무슨 일이 벌어진 건지 묻고 싶었다.

제하는 끄응, 소리를 내며 상체를 일으켜 앉았다.

"음력 1월 16일, 인왕산에 간 이유가 뭡니까?"

"일이 좀 있어서……."

"그 일이 뭔지 묻고 있습니다."

어째 분위기가 묘하다. 마치 제하가 무슨 짓이라도 저질렀다는 듯 강압적인 말투였다.

제하는 미간을 좁히고 수훈을 노려봤다.

"내가 그런 개인적인 사정까지 말해야 할 이유가 있어요?"

"있으니 찾아온 겁니다, 제하 씨. 솔직하게 말하는 게 좋을 겁니다. 인왕산에 간 이유가 뭡니까?"

"말하기 싫은데요. 묵비권, 뭐 그런 거 있잖아요."

수훈의 눈빛이 차게 가라앉았다.

"보통 범죄자들이 그 묵비권이라는 걸 잘 사용하죠."

"어라, 묵비권 운운했다고 범죄자 취급하는 건 너무 나간 거 아닌가? 시민이 자기 권리 좀 찾았다고 경찰이 사람을 막 범죄자로 몰아가도 돼요?"

수훈이 깊은 한숨을 내쉬더니 어쩔 수 없다는 듯 입을 열었다.

"제하 씨가 갑작스럽게 아르바이트를 무단결근하고 인왕산에 올라간 음력 1월 16일. 그날 오후에 인왕산 곳곳에서 스물네명이 끔찍한 시신으로 발견됐습니다."

들려오는 말이 정확한 의미로 만들어지지 않았다.

끔찍? 시신?

그런 단어는 뉴스에서나 들었다.

제하는 무심코 제 가슴 위의 상처에 손을 얹었다.

욱신, 욱신, 진통제의 효과가 떨어진 건지, 상처 부위가 다시 쑤시기 시작했다.

수훈이 서류봉투에서 꺼낸 사진을 제하의 앞에 늘어놨다.

한 장, 한 장, 펼쳐지는 잔혹한 광경에 제하는 숨을 쉴 수 없었다.

뜯겨나간 팔, 찢긴 몸통, 가슴이나 배에 길게 그어진 깊은 상처…….

이토록 참혹한 시신을, 제하는 본 적이…….

'있나?'

찌잉, 하고 뇌가 울렸다.

붉게 퍼지는 선혈과 거친 숨소리, 그리고 비명.

"제하야!"

어머니의 마지막 비명은 마치 옆에서 들리는 것처럼 선명한데, 그 광경은 뿌옇기만 했다.

"제하 씨."

어머니의 비명에 섞여 수훈의 음성이 들려왔다.

제하는 붉게 충혈된 눈으로 수훈을 응시했다.

"어때요? 이제 그날 무슨 일이 있었는지 얘기할 생각이 들었습니까?"

제하는 기억나는 게 없다고 말했다.

"부모님 기일이라서…… 그게 갑자기 생각나서 어릴 적 살았던 인왕산에 오른 것뿐이에요."

집 앞에 찾아온 수상쩍은 사내에 관해 말해줘봐야 믿어주지 않을 것 같았다.

"인왕산을 오른 것까지는 기억나는데, 그 후에 무슨 일이 있었는지는…….”

수훈은 일단 돌아가겠지만 조만간 또 보게 될지도 모른다는 말을 남기고 돌아갔다.

제하는 침대에 누워 두 손으로 얼굴을 가렸다.

‘대체 무슨 일이 벌어진 거야?’

수훈이 보여준 사진이 머릿속에 각인되어, 마치 영화처럼 선명하게 흘러갔다.

‘그건…… 사람이 한 짓이 아닐 거야. 사람이 어떻게 그런 식으로 사람을 죽여?’

희생자들의 상처는 칼이나 도끼 따위의 흉기로 생긴 게 아니었다.

‘맹수 같은 게 한 짓이 아닐까? 호랑이나 곰 같은 거…….’

하지만 대도시인 신시 안에 있는 인왕산에 맹수가 살고 있을 리 없다.

‘하, 씨, 진짜. 제대로 생각나는 건 하나도 없고. 미치겠네.’

신시를 떠들썩하게 만든 인왕산 학살 사건.

그것은 앞으로 신시에서 벌어질 일의 시발점에 지나지 않았다.

제 2 화

범바위

차창 밖으로 흘러가는 화려한 도시의 전경이 제하의 눈에 들어왔다.

높이 올린 빌딩 꼭대기를 장식한 기와지붕, 부드러운 곡선을 그리며 끝나는 처마.

한옥과 양옥을 섞어서 만든 건물들은 이살 그룹 총수인 환웅의 작품이었다.

높은 건물 사이로 보이는, 가장 거대하고 높은 건물인 이살 타워의 주인 환웅.

환웅은 몇 년 전, 이살 그룹 창립 300주년을 맞이하자, 그 기념으로 이 도시의 이름을 브랜뉴 시티 '신시'로 명명하고, 제 입맛에 맞게 개발하기 시작했다.

거기에 신시 주민을 상대로 파격적인 혜택들을 베풀겠다고 선포해서 사람들을 열광하게 했지만.

'글쎄. 이게 좋은 건가?'

제하는 사람들이 생각하는 것처럼 신시가 더 좋아지는 것처럼 보이지는 않았다.

이살 타워가 있는 대수 북쪽 신시가지는 화려하고 깨끗하게 변해가는 데 비해, 남쪽 구시가지는 점점 황폐해지는 중이었다. 예전보다 줄어든 공권력은 범죄를 막지 못했고, 구시가지의 범죄율은 하늘 높은 줄 모르고 치솟았다. 비단 구시가지뿐만 아니었다. 한창 개발 중인 신시가지 역시 겉모습만 화려할 뿐, 그 이면은 각종 범죄로 검게 물들어가고 있었다.

'뭐, 높으신 분들이 알아서 하겠지. 나 같은 놈이야 내가 할 수 있는 일이나 해야 하지 않겠어?'

제하는 슬그머니 허리춤에 손을 댔다. 차가운 금속의 질감이 손끝에 닿았다.

며칠 전 어렵게 구한 총이 만져지자 마음이 차분해졌다.

살짝 열린 창문 사이로 겨울의 찬바람이 불어와 제하의 머리칼을 헝클어뜨렸다.

저 멀리 인왕산이 보인다.

제하는 버스를 타고 인왕산으로 향하는 중이었다.

'벌써 한 달이나 지났나?'

인왕산 사건 후, 제하는 무사히 퇴원했지만 돌아가는 상황은 그리 즐겁지 않았다. 신시 안에서도 인왕산에서처럼 참혹한 살인사건이 벌어지기 시작한 것이다.

거대한 발톱 자국, 흐르는 피를 커다란 혀로 핥은 자국, 날카로운 이빨로 물어뜯은 흔적.

그런 게 남은 시체는 차라리 나았다. 머리나 몸통의 일부만 발견되는 경우도 허다했다.

의문의 연쇄 살인이 벌어지면서, 조용히 제하의 뒤를 밟던 수훈의 기척도 사라졌다.

이 사건에 제하가 관련 없다는 걸 깨달은 모양이다.

'검은 안개와 모래바람…….'

목격자들의 증언에서 항상 나오는 말이었다.

검은 안개나 모래바람이 덮치고 간 자리에 참혹한 시체만이 남아 있었다는 증언.

감시 카메라에 검은 안개나 모래바람이 찍히기는 해도, 그걸 불러일으킨 존재가 찍힌 건 없었다.

그야말로 기묘한 일이었다.

'역시 그런 짓을 벌인 건 인간이 아닌 거야.'

어느 날부터인가, 사람들은 그런 짓을 벌이는 존재를 '범'이라 부르기 시작했다.

시신에 남아 있던 이빨 자국이 호랑이의 이빨 자국과 동일하다는 소견과 깊이 파헤친 발톱 자국 역시 맹수의 것이라는 발표가 있었기 때문이다.

신시를 공포에 떨게 만드는 사건을 환웅은 두고 보지 않았다.

"……우리가 함께 세운 신시에서 이 같은 끔찍한 범죄가 일어나고 있지요. 저 환웅은 신시에 비상사태를 선포하고 우리 모두 힘을 모아 이 사태를 해결하기 위해 범 포획에 대한 특별 포상과 보상을 하고자 하는데……. 자아, 누가 우리 신시를 위해 범을 사냥하고 보상을 받아갈까요?"

기자들을 불러모은 환웅은 버릇처럼 검은 부채로 입가를 톡톡 치며 말했다.

환웅이 현상금으로 건 금액은, 범 한 마리 당 5천만 원.

하루 벌어 하루 먹고살기도 힘들었던 소시민들이 범 사냥을 나서게 하기에 충분한 금액이지만, 대부분의 사람은 회의적이었다.

검은 안개와 모래바람을 일으키고, 첨단 감시 카메라에도 모습이 찍히지 않는 존재를 잡아서 죽이는 게 과연 가능할까?

가능했다.

본격적으로 사냥을 해보겠다며 무리를 지은 범 사냥꾼 '호랑나비 팀'이 처음으로 '범'을 잡았다.

그들이 잡아서 공개한 '범'은 인간과 비슷하게 생겼는데, 호랑이 같은 귀를 가지고 있었다.

호랑나비 1팀의 대장인 성진은 방송에서 '범'의 머리를 흔들며 이렇게 말했다.

"원래 평범한 사람 같았거든? 그런데 분위기가 묘하더란 말이지. 피부색도 그렇고, 눈동자 색도 그렇고, 묘하게 다른 느낌이었단 말이야. 그래서 슬쩍 건드려봤더니, 자, 봐봐. 이렇게 변신을 하더라고."

'범'은 있었다.

게다가 잡아서 죽이는 것도 가능했다.

많은 사람이 무기를 구해 범 사냥에 뛰어들었다.

제하도 무기를 구하긴 했지만 그들과 같은 이유는 아니었다.

검은 안개.

쪼개진 기억의 파편 중에, 검은 안개가 있었다.

인왕산에서 정신을 잃기 전, 검은 안개가 덮쳐오는 걸 본 기억이 났다.

그 기억을 떠올리자마자 인왕산을 찾아갔지만 그때는 인왕산이 출입금지 구역이었다.

하지만 사람들이 본격적으로 범 사냥을 나서게 된 지금, 인왕산의 출입금지령이 풀렸다.

제하는 한 달 전 인왕산에서 무슨 일이 있었던 건지 확실하게 알아내고 싶었다.

'인왕산은 이미 범 사냥꾼들이 한번 쓸고 갔으니 그리 위험하진 않을 거야. 그리고 총도 있으니까…….'

버스에서 내린 제하는 어둠이 내려 새까만 인왕산을 올려다봤다.

그런 일을 경험했음에도 무섭다는 생각은 들지 않았다.

어둠을 헤치고 기억을 더듬어 걸어갔다.

을씨년스러운 찬 공기가 겨울 산을 감싸고 있었다. 하지만 산을 오르는 제하의 몸에는 알 수 없는 온기가 돌았다.

한 번도 헤매지 않고 목적지에 도착했다.

범바위.

웅크린 범 같은 바위는, 달빛을 받아 새초롬히 빛나고 있었다.

'그래, 난 그날도 여기까지 왔어. 그리고 범바위에 가까이 가서…… 응? 이게 뭐지?'

범바위에 흉터처럼 길게 금이 가 있었다.

'저번엔 이러지 않았는데…….'

제하는 범바위에 생긴 깊은 금에 손을 얹었다.

욱신-!

다 나은 줄 알았던 가슴의 상처에 격통이 일었다.

"큭!"

제하는 가슴을 움켜쥐고 허리를 구부렸다. 움켜쥔 손가락 사이로 푸른 빛이 흘러나왔다.

처음에는 손가락 주위에 감돌 뿐인 작은 빛이 점점 커지기 시작했다.

그제야 제하는 제 몸에 일어난 변화를 눈치챘다.

"이게 뭐야?"

가슴에서 손을 떼고 제 손을 확인했지만 손은 멀쩡했다.

빛을 내는 건 가슴 쪽이었다. 한 달 전 생긴 상처 부근에서 선명한 푸른 빛이 흘러나왔다.

"대체 무슨……?"

비현실적인 상황에 기가 막혔다.

기막힌 일은 거기서 끝이 아니었다.

범바위에 생긴 깊은 금에서도 제하의 가슴에서와 같은 색의 빛이 퍼져 나오고 있었다. 두 빛은 마치 공명이라도 하듯 어둠을 가로질러 맞닿았다.

제하는 입을 벌린 채, 이 꿈 같은 상황을 멍하니 지켜봤다. 너무 어이가 없어서 가슴의 통증조차 잊었다. 맞닿은 빛이 점점 밝아져서 똑바로 바라보기도 힘들었다.

눈을 가늘게 뜨다가 질끈 감았다. 얇은 눈꺼풀 너머로도 전해질 정도로 강한 빛이 사라지고 나서야 제하는 살그머니 눈을 떴다.

그리고.

"으앗!"

눈을 뜨자마자 보인 광경에 깜짝 놀라 엉덩방아를 찧고 말았다.

범바위가 있어야 할 자리에, 호리호리한 남자가 서 있었다.

잿빛 머리칼에 잿빛 눈동자를 가진 예쁘장한 생김새의 남자는 짙은 남색 두루마기 같은 옷에 펑퍼짐한 바지를 입고 있었다.

그는 특이하게도 빨갛고 굵은 밧줄을 목걸이처럼 목에 늘어뜨리듯 두르고 있었다.

팔짱을 낀 채 웃고 있던 그가 성큼성큼 다가와 제하의 손목을 잡더니 번쩍 들어 올리듯 일으켜 세웠다.

그러더니 다시 팔짱을 끼고 씩 웃으며 제하를 올려다봤다.

제하는 눈을 끔뻑거리다가 검지로 머리를 긁으며 말했다.

“와, 씨. 이건 또 뭔 개꿈이지?”

“개꿈이 아니란다, 아가야. 내 이름은 하루. 인왕산 범바위지.”

인왕산 범바위와 똑같은 눈동자 색을 지닌 하루는 기묘한 말투를 사용했다.

제하는 미간을 좁히고 하루를 내려다보다가 피식 웃었다.

“와, 나 되게 꿈 많은 놈이었구나. 꿈을 꿔도 이런 스펙터클 판타스틱한 꿈을 꾸다니. 쪽팔려서 어디 가서 말도 못 하겠네.”

중얼거리며 돌아서는 제하의 손목을 하루가 붙잡았다.

제하는 성가신 듯 손을 털어 하루의 손을 떼어내려 했지만,

힘이 얼마나 센지 아무리 팔을 흔들어도 떼어낼 수가 없었다.

제하는 인상을 구기고 하루를 노려봤다.

하지만 하루는 여전히 입가에 미소를 띤 채, 어른스럽게 말했다.

"아가, 많이 컸구나. 옛날에는 요만했는데."

하루가 엄지와 검지로 손가락 한 마디 크기를 만들어 보였다.

"난 고만한 적 없어. 그리고 날 언제 봤다고 많이 컸니 마니……."

"요만했을 때는 항상 보았지. 네 아비에게 안겨 있던 것도 보았고, 네 어미의 손을 잡고 꽃을 따던 것도 보았지. 꽃 따서 머리에 꽂고 덩실덩실 춤을 추던 모습이 참으로 귀여웠는데……."

"귀엽긴, 그건 그냥 미친놈…… 아니, 잠깐."

제하의 머릿속에 그 광경이 떠올랐다.

하늘이 유독 파랗던 봄, 범바위 앞에서 엄마와 함께 꽃을 땄던 기억.

엄마가 불러주는 노래에 신나서 춤을 추던, 행복하기에 아픈 기억.

제하는 마른침을 삼켰다.

그때 그곳에는 어머니와 제하뿐이었다.

그런데 그걸 이 이상한 녀석이 어떻게 아는 걸까?

"네가 그걸 어떻게 알아?"

"기억력이 안 좋구나. 보았다 하지 않았느냐? 아주 오랜 시간, 이제는 가늠하기도 어려울 만큼 긴 시간, 나는 이곳에 앉아 지켜보았지. 아가야, 이 눈과 머리카락을 보아라. 누가 보아도 바위 아니더냐."

"눈은 렌즈 끼고, 머리카락이야 염색을 하면……."

제하는 손을 뻗어 하루의 머리카락을 뽑았다.

"아프잖아!"

갑자기 머리칼을 뽑힌 하루가 외쳤다.

"뭐야, 평범한 말투도 사용할 줄 아네."

"아프구나, 아가야."

다시 말투를 바꾸는 하루를 무시하고 머리카락을 확인했다.

뿌리까지 잿빛이었다.

염색한 머리가 아니다.

'나랑 비슷한 나이로 보이는데 흰머리가 날 리도 없고…….'

제하는 가만히 하루를 살펴봤다.

하루는 주위를 두리번거리며 손으로 연신 턱을 쓰다듬고 있었다.

마치 거기에 긴 수염이라도 존재한다는 것 같은 행동이었다.

보면 볼수록 이상한 녀석이다.

"근처에 범들은 없는 것 같고……."

하루가 중얼거린 말에 제하는 눈을 번쩍 떴다.

"범을, 알아? 놈들이 근처에 있으면 알 수 있어?"

"느낄 수 있지. 나는 이곳을 지키기 위해, 범의 세계인 인왕던전의 입구를 막아놓고 수호하는 위대하고도 위대하신……."

"인왕던전은 또 뭔데?"

제하가 하루의 말을 끊었다.

하루가 싱긋 웃었다.

"이제 내 말을 믿는 게냐?"

"설명이나 해봐. 인왕던전이 뭔데?"

"길고도 긴 이야기다. 까마득한 과거에 시작되어 현재까지 이어져 온, 참으로 길고도 길며 아득하고도……."

"하루라고 했지?"

"음?"

"너, 진짜 사설이 길다? 요약정리, 뭐, 그런 거 몰라?"

"쯧쯧. 버르장머리하고는."

하루가 고개를 절레절레 젓더니 바닥에 책상다리하고 앉았다.

그러더니 제하를 가만히 올려다보며 말했다.

"나도 잘은 모른다."

"……."

제 3 화

기억의 조각

말문이 막힌다는 건 이럴 때 쓰는 말이겠지.

뭔가 아는 게 있는 것처럼 주절거리더니 잘 모른다고 하는 하루를 내려다보며 제하는 갈등했다.

'한 대 후려칠까?'

있지도 않은 턱수염을 쓰다듬는 시늉을 하던 하루가 말했다.

"너무 오래전의 일이라서 기억이 가물가물해. 너도 그럴 때가 있지 않느냐. 뭐, 확실한 거 하나는, 내가 지키던 저곳 뒤쪽의 어딘가에 범들이 사는 세계가 있고, 그곳이 이곳으로 흘러나오는 걸 막는 게 내 존재의 의미였다는 것뿐이다."

"아, 그러셔."

더는 상대할 필요가 없다.

그냥 정신이 오락가락하는 미친놈일 뿐이다.

제하는 돌아서서 인왕산을 떠나려 했다.

그때, 들려온 하루의 목소리가 제하의 발목을 붙들었다.

“음력 1월 16일이 무슨 날인지 아느냐?”

음력 1월 16일.

부모님의 기일.

그리고 인왕산에서 끔찍한 사건이 벌어진 날.

제하는 휙 돌아서 하루에게 다가가, 하루의 멱살을 잡아 일으켰다.

“너, 뭔가 아는 게 있구나?”

“손님 오는 날이라고 들어 봤느냐?”

“손님…… 오는 날……?”

들어본 것도 같다.

“음력 1월 16일, 이 세계를 찾아오는 손님들이 바로 범이다.”

척추를 타고 찬 기운이 흘렀다.

“일 년에 딱 한 번, 범에게 주어진 자유의 날. 범들이 나와 인간들 틈에 섞여, 인간을 잡아먹고 또 일 년을 살아갈 힘을 얻지."

"오시게, 오시게."

머릿속에 노랫자락 하나가 떠올랐다.

아버지가 제하를 무릎에 앉혀놓고 자주 흥얼거리던 노래.

왜 이런 상황에서 그 노래가 떠오른 걸까?

제하는 고개를 저어 머릿속을 맴도는 노랫소리를 털어냈다.

"인간을…… 잡아먹어……?"

"그래, 범족은 인간을 먹어야 흩어져가는 그림자의 세계에서 버틸 수 있거든."

"흩어져 가는 그림자의 세계……?"

"그게 인왕던전이다. 범들이 살아남기 위해 일시적으로 만들어낸 가짜 세계. 가짜이기에 영원할 수 없고, 영원할 수 없기에 유지하기 위한 제물이 필요하지."

"그 제물이 인간인 거고?"

하루가 고개를 끄덕거렸다.

"그런데…… 하루라면서? 음력 1월 16일 단 하루만 나오는 거라면, 지금 신시에서 벌어지는 일은 뭐지? 왜 범들이 아직까지도 신시에서 날뛰는 거야?"

"봉인이 깨졌다."

"왜? 네가 지킨다면서? 넌 멀쩡하잖아! 안 지키고 뭘 하는 거야?"

하루가 입을 다물고 제하를 빤히 응시했다.

우는 건지 웃는 건지 알 수 없는 묘한 표정으로 제하를 보던 하루가 천천히 손을 올렸다.

"네가."

하루의 손가락이 제하의 이마를 톡 쳤다.

"봉인을 깨지 않았느냐."

콰직-!

뭔가 부서지는 소리가 들렸다. 제하의 머릿속에서 울리는 소리였다.

부릅뜬 제하의 눈동자가 뒤로 까무룩 넘어갔다.

스륵, 쓰러지는 제하를, 하루는 가만히 내려다보고 있었다.

한 달 전.

음력 1월 16일.

제하가 거친 숨을 몰아쉬며 인왕산 범바위 앞에 도착했을 때, 그 앞에는 누군가가 서 있었다.

범바위 앞에 사람이 있을 줄은 몰랐기에, 제하는 잠시 멈춰서 숨을 고르며 그의 뒷모습을 살펴봤다.

남들보다 덩치가 큰 제하만큼이나 체격이 좋은 뒷모습.

시선을 느낀 듯, 사내가 뒤를 돌아봤다.

칠흑처럼 검은 머리카락에 검은 눈동자를 가진, 피부 빛이 어두운 사내는 제하를 보더니 싱긋 웃었다.

"오랜만이구나, 제하야. 못 본 사이에 많이 컸네."

호쾌한 음성에, 제하는 인상을 찌푸렸다.

'누구지? 처음 보는 얼굴인데.'

하지만 사내가 가까워지고 사내의 호박색 눈동자를 마주 보자, 제하의 생각이 바뀌었다.

"아, 우리 아버지 친구구나. 어릴 적에 자주 만났었지. 나한테 참 잘 대해주셨어.'

제하 자신도 모르는 새에 낯선 사내에 대한 평가가 바뀌었다.

"기억나지? 후포 아저씨란다."

"네, 아저씨. 오랜만이에요."

순순히 인사하는 제하를 보며 후포가 히죽 웃었다.

후포의 눈동자가 기이하게 빛나는 걸 제하는 눈치채지 못했다.

"그동안 잘 지냈지? 한번 만나고 싶었는데 찾기 힘들더구나. 이렇게 만나서 다행이야. 그렇지?"

"네, 그러네요."

제하는 자신이 이 후포라는 남자를 만나러 여기까지 온 것 같은 기분을 느꼈다.

"좀 앉자꾸나. 할 이야기도 많은데."

후포가 범바위를 향해 앉으며 말했다.

제하도 그 옆에 앉아서 멍하니 범바위를 응시했다.

"기억나니? 어릴 때 네 아버지가 여기 이렇게 앉아서 자주 노래를 부르곤 했는데."

"노래요?"

그건 잘 모르겠다.

"음. 아직은 안 되나?"

"예?"

"아니, 아니다. 네 아버지가 저기 저 바위 뒤, 저쪽 너머에 살던 범족이라는 것은 알고 있지?"

범족? 그게 뭐지? 아버지가 범족이라고?

아, 그렇지. 맞아. 아버지는 범족이야. 응, 범족이고말고.

그래, 맞아. 범족이 사는 저쪽 너머에 마을이 있었지.

머릿속에서 현실이 뒤바뀌는 것을 제하는 깨닫지 못했다.

"우리는 저 안에서 살다가 음력 1월 16일에는 이곳으로 나올 수 있거든. 그런데 저 문을 지키던 네 어머니가 네 아버지와 사랑에 빠졌지 뭐냐. 그래서 못 돌아가게 네 아버지를 붙잡았어."

그렇구나. 어머니가 범족인 아버지를 붙잡았구나.

"노래를 불렀지. 대문놀이 노래라고, 일시적으로 우리 세계로 이어진 통로를 비틀어 열어서 유지 시키는 노래란다. 그 노래 덕에 네 아버지는 음력 1월 16일이 끝났는데도 범의 세계로 끌려가지 않고 여기 남을 수 있었지."

대문놀이 노래.

"범족인 네 아버지와 곰족인 네 어머니 사이에서 네가 태어난 거란다. 놀라운 일이지. 흔치 않은 일이거든."

그렇구나. 어머니는 곰족이었구나. 나는 흔치 않게 태어난 아이고.

"네 아버지가 종종 널 데려와서 여기 앉아, 그 대문놀이 노래를 부르곤 했단다. 아직도 기억 안 나니?"

"오시게, 오시게."

아버지의 나직한 노랫소리가 떠올랐다.

동시에 주위의 광경이 바뀌었다.

제하는 어린아이로 돌아가 아버지의 무릎에 앉아 있는 것 같은 느낌을 받았다.

"오시게, 오시게. 서둘러 오시게. 문이 닫히기 전, 서둘러 오시게. 아직 오지 않은 이는 어드메냐……."

단조로운 곡조이지만 다정하게 내려앉는 노래.

제하는 멍한 표정으로 그때 들었던 노래를 흥얼흥얼 불렀다.

반쯤 정신이 나간 듯 노래하는 제하를 후포가 가만히 지켜봤다.

제하를 향했던 다정한 빛이 사라지고, 흉포한 냉기가 후포의 눈동자를 물들였다.

오시게, 오시게.

노래가 계속될수록 후포의 전신을 흐르는 기운이 강해졌다.

쩌적-

작은 소리와 함께 범바위가 갈라졌다.

문이 열렸다.

완전히 열린 문으로, 인왕던전 안에 있던 범족이 하나둘 모습을 드러냈다.

후포의 입술이 잔혹하게 벌어졌다.

"문이 열렸다."

후포 앞에 기립한 범족들이 감개무량한 듯 하늘을 올려다보다가 다시 후포에게 시선을 고정했다.

명령만 내려달라는 듯, 충성스럽고도 잔혹한 눈동자들이 후포의 앞에서 빛나고 있었다.

인왕던전 내에 갇혀 있던 범의 기운이 흘러나와 후포의 육체를 감쌌다.

후포의 손톱이 서서히 길어지기 시작했다.

후포가 입을 열었다.

"4천 년 전 마무리 짓지 못한 전쟁을, 다시 시작한다!"

그 순간, 범들이 있던 자리에 검은 안개와 모래바람이 휘몰아쳤다.

안개와 바람은 인왕산 곳곳을 물들이며 아래로, 아래로 흘러내려 갔다.

후포는 여전히 제 옆에 앉아 넋이 나간 듯 대문 놀이 노래를 부르는 제하를 흘끗 돌아봤다.

"4천 년 전, 날 저곳에 가둔 놈도 너 같은 잡종이었지."

후포가 제하의 앞에 쭈그리고 앉았다.

"문지기 무녀 어미의 피가 흐르니 저 문을 닫을 힘도 있을 터."

후포의 길고 날카로운 발톱이 제하의 가슴에 닿았다.

"너는 죽는 편이 낫겠구나."

"허억!"

제하는 벌떡 상체를 일으켰다.

긴 발톱이 가슴을 깊이 찌르고 들어와 내리긋는 통증이 생생했다.

"허억! 허억!"

숨을 몰아쉬는 제하의 눈에 하루의 잿빛 눈동자가 들어왔다.

하루가 가까이에 앉아서 제하의 얼굴을 가만히 응시하고 있었다.

하루는 아무 말도 하지 않았지만, 왜인지 그의 눈동자를 보자 마음이 가라앉았다.

울컥, 뱃속에서 이름 붙이기 어려운 감정이 치밀어 올랐다.

"후포가……."

산산이 조각나 이리저리 흩어져 있던 기억의 조각들이 한데 뭉쳤다.

오래전, 제하가 아직 어릴 때의 음력 1월 16일.

후포는 인왕던전에 빨려 들어가지 않고 이 세계에 남아 가족을 만든 아버지를 발견했다.

후포는 아버지에게 '손님 오는 날'이 아닌데도 이 세계에 남을 수 있는 방법을 알아내려 수년간 노력했다.

하지만 뜻대로 되지 않자 아버지도 죽이고, 그 과정에서 아버지를 지키려 한 어머니까지 죽였다.

"제하야!"

어머니의 비명은 거기서 끝이 아니었다.

그 후가 있었다.

"도망쳐!"

그래서 제하는 도망쳤다. 뒤도 돌아보지 않고 도망쳤다. 후포에게서도, 그 참혹한 기억에서도 도망쳤다.

슬픔과 죄책감이 제하의 가슴을 까맣게 물들였다.

"범들이…… 내 부모님을……."

말을 잇기 힘들었다. 그간의 원망과 슬픔, 그리고 덤덤하게 잊고 지내온 모든 날의 기억과 감정이 물밀듯 쏟아졌다.

하루의 눈썹 끝이 아래로 내려갔다.

지금 제하가 어떤 기분을 느끼는지 충분히 알 수 있다는 듯.

하루의 공감 어린 눈빛이 위로가 되었다.

어릴 때 부모님도, 기억도 잃고 보육원에 살던 제하는 어디에도 섞일 수 없었다.

부모님을 잃은 후, 가족 없는 삶이 몹시도 당연했다.

때때로 부모님이 사무치게 그리워도 침대에 웅크려 숨을 죽이고 조용히 눈물을 흘렸을 뿐.

온기를 나눠주며 슬픔을 달래주는 이는 아무도 없었기에 어느 순간부터는 울지 않게 되었다.

울어봐야 아무것도 달라지지 않는다는 걸 알기에 부모님을 향한 지독한 그리움도 마음에서 지워버렸다.

그러나, 지금.

잿빛 머리칼과 눈동자를 가진, 약간은 정신이 이상한 게 아닌지 의심되는 하루가 한 번도 받아보지 못한 온기를 전해주고 있었다.

제하의 볼에 흐르는 눈물을 닦아주는 하루의 손은 정말 바위라도 되는 것처럼 차가웠지만.

제하는 그저 따뜻했다.

이윽고 제하가 눈물을 멈추자, 하루가 일어나 제하에게 손을 내밀었다.

“가자꾸나, 아가야.”

“아가가 아니라, 제하라고 불러.”

제하는 그 손을 붙잡고 일어나서 물었다.

“그나저나 어디 가게?”

“범들이 다시 전쟁을 시작했다면.”

하루가 인왕산 아래로 보이는 신시를 내려다보며 말했다.

“우리도 반격해야지.”

제 4 화

동료 모집

TIO

미영은 학원이 끝나고 집에 돌아가는 길이었다.

여기저기서 이유 모를 실종과 살인이 벌어지는데도, 고3의 일상은 변치 않았다.

캄캄한 거리에 스산한 바람이 불었다.

몇 달 전까지만 해도 가로등이 적은 이 거리를 아무렇지도 않게 다녔는데, 요새는 너무 무섭다.

'아빠한테 데리러 나와달라고 할까?'

미영이 막 휴대폰을 꺼냈을 때였다.

바람이.

휘오오오-

울었다.

고개를 번쩍 든 미영의 눈에 거대한 그림자가 비쳤다.

눈을 깜빡하기도 전에 그림자가 코앞까지 다가왔다.

"으……."

비명을 지를 새도 없었다.

그림자의 날카로운 발톱이 미영의 목을 갈랐다.

미영은 자신에게 무슨 일이 벌어졌는지도 깨닫지 못했다.

"안 돼!"

낯선 남자의 외침이 들려왔다.

눈꺼풀을 깜빡 움직이자 시야가 빙글 돌았다.

그렇게 미영은 죽었다.

탕-!

제하가 쏜 총알은 놈의 근처에 닿지도 않았다. 놈은 이미 머리가 분리된 소녀의 몸통을 들고 저만치 떨어져 있었다.

놈이 고개를 들어 제하 쪽을 쳐다봤다. 검게 빛나는 잔혹한 눈빛에 오싹 소름이 돋았다.

놈이 콧등을 찡그리며 이빨을 드러냈다. 날카로운 송곳니가 금방이라도 제하를 꿰뚫을 듯 빛났다.

제하는 공포심을 떨쳐내고 다시 총을 겨눴다.

'다들…… 어디에 있는 거지?'

그들은 제하가 범의 시선을 끌어주면 곧바로 범의 뒤를 치겠다고 약속했다.

그들이 기다리라는 곳에 어린 소녀가 지나가고 있을 줄은 꿈에도 몰랐다.

'왜 아무도 안 오는 거야?'

주위는 고요했다.

크르르르르-

범의 목에서 음산한 소리가 울렸다.

타앙-!

제하는 한 번 더 총을 쐈지만, 소용없었다.

범이 거슬리는 듯 인상을 찌푸리더니, 들고 있던 소녀의 몸통을 휙 던져버렸다.

범의 속도를 눈으로 따라잡을 수 없었다. 방아쇠를 당기려는 순간, 범은 이미 눈앞에 와 있었다.

"크윽!"

범의 커다란 손이 제하의 목을 움켜쥐었다. 제하는 범보다 덩치가 큰 편인데도 범의 힘을 이길 수가 없었다.

범이 잔인한 미소를 지으며 제하를 들어 올렸다. 날카롭고 긴 손톱이 제하의 옆구리를 파고들었을 때였다.

푸욱-!

날카로운 화살이 범의 목을 꿰뚫고 들어왔다.

범의 손아귀에서 힘이 빠지는 순간을 제하는 놓치지 않았다. 몸을 틀어 빠져나오며 총을 장전해서 범의 명치에 찔러넣고 그대로 방아쇠를 당겼다.

그러는 동안에도 그들은 가만히 있지 않았다. 범의 목에 밧줄이 걸리고, 여기저기에 단도가 박혔다.

제아무리 강한 범이라도 집중적으로 쏟아지는 공격을 당해낼 도리가 없었다.

풀썩-

검은색 연기가 걷히며 결국 범은 형체를 드러내고 쓰러졌다.

제하는 숨을 몰아쉬며 범을 내려다봤다.

공포와 흥분 때문에 잊고 있던 통증이 옆구리에 찾아왔다. 범의 손톱에 당한 상처가 꽤나 깊은 것 같다.

제하와 약속한 것보다 늦게 나타난 그들은 제하에게 미안하다는 말도 없이 범을 끌고 가려 했다.

“이봐……!”

제하의 부름에 범의 목에 건 밧줄을 잡고 있던 남자가 흘긋 돌아봤다.

이름이 성진이라고 했던가?

그들은 그 유명한 범 사냥꾼 ‘호랑나비 팀’의 팀원이었다.

“여자애가 죽었어…….”

“아아, 너한테는 다행이지. 그 애 덕분에 살았잖아.”

“뭐?”

“살아남은 것만으로도 감사하게 여겨.”

그제야 제하는 그들이 자신을 미끼로 사용했을 뿐이라는 걸 깨달았다.

하지만 여기서 물러설 수는 없었다. 약속된 보상은 받아야만 했다.

피가 흐르는 옆구리를 움켜쥐고 그들에게 다가갔다.

“내 몫은 내놔.”

“하!”

성진이 헛웃음을 터뜨렸다.

“야, 야. 이 새끼가 하는 소리 들었어?”

“푸하하하하. X신. 놀고 자빠졌네.”

“몫은 쥐뿔. 뭐 한 게 있어야 몫을 주든가 하지.”

“대충 만든 총 하나 가지고 범 사냥에 끼어들려고 하다니…… 나 참. 머리가 어떻게 된 거 아냐?”

놈들이 킬킬거리며 제하를 비웃었다.

수치심으로 얼굴이 빨갛게 달아올랐다. 제하는 성진의 멱살을 잡았다.

“내놔, 약속한 몫.”

성진의 입가에 잔혹한 미소가 떠올랐다.

성진이 제하의 옆구리에 난 상처에 손가락을 박아넣었다.

“으아아아악!”

참을 수 없는 격통에 제하가 비명을 질렀다. 무릎이 꺾였다.

퍼억-!

퍽-!

성진이 제하의 얼굴과 복부를 사정없이 걷어찼다.

숨을 쉬기 힘들었다. 제하는 몸을 둥글게 말았다.

“약한 새끼가 어디서 나대? 퉷!”

성진이 뱉은 침이 제하의 얼굴 바로 옆에 떨어졌다.

“멍청한 새끼.”

"하여간 돈이라면 눈이 뒤집혀서 저러는 것들이 있다니까."

놈들이 킬킬거리며 멀어졌다.

어리석었다. 제대로 된 장비조차 갖추지 못한 제하를 팀에 끼워주겠다고 할 때부터 의심했어야 했다.

"이제 내게 훈련을 받아야 하는 이유를 알겠느냐?"

흐릿한 시야에 검은색 운동화가 들어왔다.

하루였다.

"훈련만 받으면…… 범을 잡을 수 있을까?"

처음으로 맞선 범은 정말이지 강했다.

그 속도를 눈으로 따라잡을 수도 없는데, 어떻게 상대해야 할지 감도 잡히지 않았다.

호랑나비 팀이 벌써 여러 마리의 범을 잡을 수 있었던 건, 오늘처럼 미끼를 사용했기에 가능한 일일 것이다.

하지만 제하는 아무 죄도 없는 사람을 미끼로 쓰고 싶지 않았다.

"훈련도 훈련인데……."

하루가 제하에게 손을 뻗었다.

힘없는 손을 뻗자, 하루가 단단히 잡아 번쩍 일으켜 세웠다.

엉망으로 다친 제하의 얼굴을 살펴보며, "에잉, 쯧쯧." 하고 혀를 찬 하루가 말했다.

"같이 싸울 동료부터 구해야겠구나."

"혀, 형님……, 사, 살려…… 줘요……."

무슨 일이 벌어진 건지 도건은 알 수 없었다.

동생들은 매번 자신들보다 먼저 와서 기다리는 도건에게 미안했는지, 약속 시간 전에 그에게 연락해 늦더라도 천천히 오라고 당부했다.

그래서 오늘따라 천천히 달려간 건데…….

오토바이를 타고 가서 동생들과 약속한 장소에 도착했을 때, 참혹한 현장이 펼쳐져 있었다.

습격하려고 했던 트럭은 커다란 것에 부딪친 것처럼 부서져서 쓰러져 있었고, 수많은 사람이 피를 흘리며 쓰러져 있었다.

트럭에서 좀 떨어진 곳에 있는 사람들은 그나마 숨이 붙어 있었지만, 트럭 가까이에 있던 사람들은 폭발에 휘말리기라도 한 것처럼 원래의 형체를 유지하지 못했다.

'아니, 폭발이 아니야.'

강한 힘이 팔다리를 잡아서 뜯어냈다. 짐승의 이빨이 몸통을 물어뜯었다.

요새 사람들에게 공포를 불러일으키는 '범'이라는 놈들인 게 분명했다.

시신들 사이에 동생들도 있었다.

그나마 경수는 멀리 떨어져 있어서 숨이 붙어 있었다. 하지만 몸의 반이 뜯겨나갔다. 이 숨도 오래 가지 않으리라는 걸 도건은 알았다.

"경수야…… 정신 차려 봐. 살 수 있어. 날 봐."

경수의 눈동자가 끄르륵, 뒤로 넘어갔다.

"안 돼, 경수야. 정신 차려. 나를 봐. 눈 똑바로 뜨고."

뺨을 살짝 두드리며 울부짖듯 외치자, 경수의 눈동자가 다시 제자리를 찾았다.

"형님……."

경수가 웃었다. 피를 토했는지 입술 주위가 피투성이였다.

"울지 마요."

어느새 울고 있었나 보다.

경수의 볼 위로 뚝뚝 떨어지는 물방울이 빗물인 줄 알았는데.

"그래도 이번엔 우리가…… 먼저 도착했어요, 형……, 괜찮아요……."

도리어 위로를 받고 말았다.

"그러니까 이번에도…… 우리가 먼저 갈게……, 형은…… 천천히 와. 정말…… 괜찮……."

거기까지였다.

이번에는 눈동자가 뒤로 넘어가지도 않았다.

빙그레 웃고 있는 경수는 금방이라도 일어나서 "짜잔! 놀랐죠? 깜짝 카메라였습니다."라는 말을 할 것만 같았다.

경수를 내려두고 쓰러진 사람들 사이를 돌아다녔다.

누군가, 누군가는 제발 살아 있기를.

그 어떤 모습이라도 괜찮으니, 살아 있기를.

"오빠…… 건이 오빠……."

꿈결처럼 희미하게 들려오는 소리에 도건은 발을 서둘렀다.

"가현아!"

놀랍게도 트럭 바로 옆에 있던 가현이 살아 있었다.

하지만 가현의 상태도 좋지 않았다. 트럭이 가현의 하반신을 완전히 뭉개버렸다.

"이상해, 오빠. 몸이 안 움직여……."

"기, 기다려봐. 내가 치워줄게."

도건은 허둥지둥 일어나 버스 아래를 잡고 힘을 줬다. 금괴를 잔뜩 실은 무거운 트럭이 들썩, 움직였다.

"오빠…… 오빠아……."

가현의 목소리가 점점 작아졌다.

"오빠아……. 나…… 싫어…… 흐응……. 죽기…… 싫어……. 오빠……."

"허억!"

도건은 눈을 번쩍 떴다.

"허억. 허억. 허억."

거친 숨을 몰아쉬었다.

그날 이후로 매일 밤 그날의 꿈을 꾼다.

공기 중에 자욱한 피비린내, 고통스러운 신음과 여기저기 흩어진 살점, 그리고 동생들.

피를 나누지는 않았어도 그보다 진한 무언가로 연결된, 소중한 동생들이었다.

동생들은 도건을 원망하지 않았다.

차라리 원망이라도 하면 좋으련만.

죽기 싫어.

가현의 마지막 음성이 귓가에서 떠나질 않았다.

도건은 몸을 일으켰다.

폐건물에 있던 작은 소파에 누워 잠을 잤더니 온몸이 뻐근했지만 시간 낭비를 할 수는 없었다.

도건은 자는 중에도 허리에 차고 있던 총을 꺼내서 점검했다.

총을 도로 집어넣은 도건은 두 손으로 얼굴을 문질렀다. 손가락 사이로 충혈된 눈이 붉게 빛났다.

"두고 봐, 범 새끼들. 다 죽여버릴 테니까."

후포의 오른팔인 마로는 후포의 정책이 마음에 들지 않았다.

"하, 애도 건드리지 마. 여자도 건드리지 마. 성실하게 사는 놈도 건드리지 마. 그럼 대체 뭘 건드리라는 거야?"

마로는 인간이 싫어서 견딜 수 없었다.

오래전, 범의 뒤통수를 친 배신자의 혈통.

놈들이 이 세상을 지배하기 위해 범을 배신하는 바람에, 범은 그 지긋지긋한 곳에서 고통받으며 아득한 세월을 살아야만 했다.

"바퀴벌레 같은 새끼들……."

마로는 폐건물의 창가에 서서 아래를 내려다봤다.

바글거리는 인간들을 모조리 죽이고 싶었다.

평범하게 죽이지는 않을 것이다.

우리가 고통받은 만큼 저놈들도 고통을 받아야만 한다.

자신의 조상이 무슨 짓을 했는지도 모르는 채 행복하게 살아온 저놈들은 그 대가를 치러야만 한다.

자박-

마로의 예민한 귀에 기척이 느껴졌다. 어둠 속이지만 검은 옷을 입고 다가오는 형체를 분명하게 잡아냈다.

마로는 검은 안개를 불러내 자신의 모습을 가리고, 빠르게 놈을 향해 달려갔다.

놈은 곧장 목이 떨어져야 마땅했다.

그런데…….

무슨 일이 벌어진 거지?

“이런, 이런…… 대화 좀 하려고 온 건데, 갑자기 달려들면 너무 무례하지요?”

순식간에 바닥에 눕혀진 마로는 눈을 꿈뻑거리며 자신을 드러눕게 만든 사내를 올려다봤다.

범인 마로를 큰 힘도 들이지 않고 단숨에 눕혀버리다니.

‘평범한 인간이 아니군.’

어디선가 본 얼굴이다.

그런 건 아무래도 좋다.

마로가 손톱을 세워 팔을 들어 올렸지만 그조차 쉽게 제압당했다.

숨 쉬는 것보다 쉽게 마로의 팔을 밟아 누른 사내가 싱긋 웃으며 검은 부채로 입가를 가렸다.

“우리, 얘기 좀 해볼까요? 당신에게 아주 좋은 제안이 하나 있는데.”

제 5 화

기묘하고 두려운 것

석 달 후.

제하는 하루를 우습게 본 걸 후회했다.

훈련이라고 해봐야 적당히 체력단련을 하는 수준인 줄 알았는데, 아니었다.

아침에 일어나자마자 50km 달리기를 한 후, 곧바로 팔굽혀펴기와 스쿼트에 들어갔다.

온몸이 흐물흐물해져서 쓰러질 것 같은 와중에, 어디선가 주워온 막대기를 500번은 휘둘러야 몸을 쓰는 훈련이 끝났다.

그걸로 끝이 아니었다.

"이제 앉아서 집중해라. 네 안에 있는 힘을 발견할 수 있게 신경을 예민하게 만들어야 해."

"그게 뭔 소리인지 짐작도 안 되는데."

"일단 해봐라."

그래서 일단 해봤는데, 잠만 솔솔 왔다.

꾸벅꾸벅 졸고 있노라니, 하루의 오랏줄이 제하의 어깨를 찰싹 때렸다.

"잘 때가 아니다, 제하. 범을 잡고 싶은 것 아니냐?"

"범을 잡고 싶지. 하지만 이런 무식한 훈련으로 강해질 수 있겠어? 다른 사람들도 이 정도 운동은 하지만 다들 범을 잡을 수 있는 건 아니잖아."

"너는 특별하다. 이 정도의 훈련으로 충분히 강해질 수 있어."

제하는 하루의 말을 믿지 않았지만, 며칠이 지나자 조금쯤 믿을 수 있게 되었다.

원래 남들보다 좀 더 크고 강한 편이었던 제하의 육체는 훈련의 성과를 빠르게 가져왔다.

몇 시간씩 걸리던 기초 체력 다지는 훈련의 시간이 줄었고, 막대기를 휘두르는 것도 하루에 1천 번은 휘두를 수 있게 되었다.

제하가 휘두른 막대기에 나무 한 그루가 박살났을 때, 제하는 무기를 바꿨다. 하루의 조언 때문이었다.

"좋은 총을 구하기도 힘들고, 구한다 한들 네 실력으로 표적을 정확하게 맞출 수나 있겠느냐."

듣기 싫지만 정확한 지적이었다.

"그때도 보니까 범이 바로 지척에 왔을 때에야 발사하더구나. 그럴 거라면 네 힘을 이용할 수 있는 검이 낫겠지."

"검으로 그렇게 빠른 놈들을 잡을 수 있을까?"

"너는 놈들보다 체격이 크니 가까이 오는 순간 밀어붙이고, 검으로 쳐올리면 가능성이 있을 게다. 게다가 나도 도울 것이고."

제하는 하루의 호리호리한 몸을 위아래로 훑었다.

과연 하루가 도움이 되기는 할까?

무기로 할 만한 것도 없는데.

제하의 눈빛을 눈치챈 하루가 검지로 제하의 미간을 쿡 찔렀다.

"요상한 눈빛이로고. 날 비웃는 듯한 느낌이 드는 연유는 무엇일까?"

"눈치는 빠르네. 너도 무기가 필요하지 않아?"

"나는 이거면 된다."

하루가 자기 허리에 맨 밧줄의 끝을 잡아서 살짝 흔들었다.

목에 걸기도 하고 허리에 매기도 해서 패션 아이템인 줄 알았는데 아니었나 보다.

“밧줄로 뭘 어쩌게? 내가 잡아놓으면 묶어서 이살 타워에라도 데려가게?”

제하가 미심쩍어하자, 하루가 씩 웃었다.

“보면 안다.”

해윤은 작은 틈으로 밖을 내다보며 벌벌 떨었다.

도망치라고 한 엄마와 아빠의 비명 소리도 이제는 들리지 않았다. 다른 방으로 도망친 동생의 울음소리도 그쳤다.

그게 좋은 현상이 아니라는 걸 해윤은 직감했다.

‘다…… 다 죽은 거야.’

몸이 벌벌 떨렸다.

‘다 죽었어…….’

하지만 슬픔보다는 공포라는 감정이 해윤을 짓눌렀다.

범들이 출몰한 지 벌써 세 달이 흘렀다. 그사이 겨울이 가고 봄이 왔다. 시간이 지나면 모든 게 정상으로 돌아올 줄 알았는데, 상황이 나아지기는커녕 구시가지를 중심으로 점점 나빠져만 가고 있었다.

해윤이 사는 3구에 범의 습격이 잦아졌다. 잠을 자다가도, 식사를 하다가도, 사람들은 죽거나 사라졌다.

경찰도, 군대도 도우러 오지 않았다. 아니, 오기는 오지만 모든 상황이 끝난 후에야 도착했다.

"사람이 이렇게 죽어 나가는데 정부는 대체 뭘 하는 거야?"

"왜 미리 군대를 보내서 지키게 하지 않는 걸까요?"

"다들 너무 늦어. 다 죽은 다음에 오면 어쩌라고!"

정부에 불만을 가졌던 사람들도 사라졌다.

사람들은 3구를 떠나기 시작했다.

해윤도 3구를 떠나고 싶었지만 아빠는 완고했다.

"이 집을 사느라 얼마나 고생했는데. 이제야 대출을 다 갚았다고! 무서워할 거 없어. 어차피 인간이 이길 거야. 이제 곧 경찰이나 군대가 나서겠지. 이살 그룹이 있는 신시를 가만히 둘

리 없잖아."

아빠는 신시와 정부를 믿었고, 엄마는 아빠를 믿었다.

그래서 죽었다.

'이제 나도 죽겠지.'

그제야 가족의 죽음이 심장을 후려치며 눈물이 흘러내렸다.

하고 싶은 일이 많았다.

친구들이랑 놀이공원도 가고 싶었고, 얼른 고등학교를 졸업해서 대학 생활을 즐기고 싶었다.

대학을 졸업하면 이살 그룹이 운영하는 회사에 당당하게 입사해서, 첫 월급으로 부모님과 동생에게 선물을 사주고 싶었다.

끼이이이이-

그때였다.

가까운 곳에서 기괴한 소리가 들려왔다. 그건 짐승이 내는 신음 같기도 하고, 기계가 내는 소음 같기도 했다.

해윤은 두 손으로 입을 틀어막았다. 옷장의 작은 틈으로 그림자가 어른거리는 게 보였다.

'싫어.'

무언가 방 안으로 들어왔다.

'싫어. 난 죽기 싫어.'

온몸이 덜덜 떨리고 비명이 흘러나오려 했다. 히끅거리며 새어 나오는 숨을 멈췄다. 크게 뛰는 심장 소리가 놈에게 들릴까 두려웠다.

드디어 놈이 모습을 드러냈다.

문틈으로 보이는 놈은…….

'범이 아니야…….'

범 사냥꾼들이 잡아서 인터넷과 TV에 공개한 범과는 완전히 다른 모습이었다.

몸체는 사람인데 얼굴에 눈이 여러 개 달리고, 코와 입이 없었다. 귀는 토끼 귀처럼 긴데 끝이 뾰족했고, 한쪽 팔은 사마귀의 다리처럼 생겼다.

'저, 저게 뭐야……?'

영화에서나 보던 끔찍한 몰골에 하마터면 비명을 지를 뻔했다.

간신히 삼켰지만 목에서 울리는 작은 소리까지 멈출 수는 없었다.

"끄륵……."

아주 작은 소리였을 뿐인데, 놈이 반응했다. 사마귀 같은 날카로운 다리로 단숨에 옷장 위쪽의 반을 갈라냈다.

해윤은 얼른 몸을 움츠렸지만 머리카락이 후두득 베어나가 떨어졌다.

'죽기 싫어.'

날카로운 다리 끝이 해윤의 등을 꿰뚫고 심장을 반으로 갈랐을 때, 해윤은 생각했다.

'엄마…….'

제하는 검을 손에 쥐고 3구 거리를 걸었다.

"어떻게 이 동네가 이렇게까지 변했지?"

3구는 번화가까지는 아니었어도 깨끗하고 살기 괜찮은 동네였다.

"완전히 폐허가 다 됐네."

부서진 채 방치된 집, 약탈당해 문이 활짝 열린 집, 여기저기 굴러다니는 쓰레기와 건물 파편들.

그런 와중에도 아직 떠나지 않은 사람들이 있는 것 같았다.

제하가 주위를 쭉 둘러보며 말했다.

"이상하지 않아?"

"무엇이?"

"범들이 처음에 인왕산에서 내려왔을 때는 신시 여기저기를 막 습격하고 다녔잖아. 그런데 요새는 한 군데씩 공략하는 것 같아. 1구가 끝났고, 그다음에 2구가 끝났어. 그리고 지금은 3구가 이 지경이 됐지."

"흐음."

"이렇게 한 군데만 집중적으로 공략을 하면 군대가 이쪽에 와서 지켜줘야 하잖아. 그런데 군대가 안 움직인단 말이야. 대신 범 사냥꾼들만 우글우글하고."

범들이 한 곳만 집중적으로 공략하는 덕분에 범을 찾아내기는 쉬워졌지만, 경찰과 군대가 움직이지 않는 게 수상쩍었다. 마치 희생양으로 내주는 것만 같았다.

타앙-!

멀리서 총성이 들려왔다.

제하는 빠르게 검을 들어 올렸고, 하루는 목에 걸고 있던 오랏줄을 손에 쥐었다.

"뭔가 온다."

하루가 어딘가를 노려보며 말했다.

푸아아아-!

하루의 시선이 향한 곳에서 먼지 바람이 일었다. 무언가가 빠른 속도로 이쪽을 향해 달려오고 있었다.

검을 두 손으로 쥔 제하는 놈을 향해 달려갔다.

놈은 제하가 달려오는 걸 봤으면서도 속도를 늦추지 않았다.

검을 쥔 인간 따위, 밀어붙여서 넘어뜨리면 그만이라고 생각하는 듯했다.

'그렇게는 안 되지.'

놈과 마주치기 직전, 제하는 멈춰서 두 다리에 힘을 줬다.

콰앙-!

놈의 몸이 제하에게 부딪쳤지만 제하는 꿈쩍도 하지 않았다.

놈이 당황한 듯 제하를 올려보는 순간, 제하의 검이 궤적을 그렸다.

어깨와 어깨가 맞닿은 상황에서 사선으로 길게 그어 올라간 환도의 날이 놈의 허리를 베고 올라갔다.

뒤늦게 공격을 눈치챈 놈이 황급히 몸을 뒤로 뺐지만 늦었다.

무식할 정도로 강한 힘이 실린 검날은 놈의 갈비뼈를 가르고 폐를 찢고 심장에 닿았다.

놈은 믿을 수 없다는 듯 눈을 부릅 떴다.

“크르르르.”

놈의 목에서 분노에 찬 신음이 흘러나왔다.

마지막 발악으로 길게 뻗은 손톱을 뻗었지만 제하는 능숙하게 몸을 틀어 공격을 피했다.

놈의 몸에 들어박힌 검을 빼냈다.

사악-

검을 가로로 그어 놈의 목을 완전히 잘라버렸다.

툭-!

이빨을 길게 드러낸 놈의 머리가 땅에 떨어졌다.

“저기다!”

“저쪽으로 갔어!”

놈이 달려왔던 곳에서 소란스러운 소리가 났다.

제하는 환도를 툭툭 흔들어 피를 털어내며, 맞은편에서 오는 놈들을 확인했다.

범 사냥꾼 세 명.

목이나 팔에 나비 문신이 있는 걸 보니 호랑나비 팀이다.

그중 아는 얼굴이 하나 있었다.

'성진.'

제하의 앞에 멈춘 놈이 제하를 쳐다봤다. 제하를 알아본 성진이 히죽 웃었다.

"또 만났네. 야, 이 자식 기억해? 그때 그 어리버리한 놈."

"아아. 덩치만 컸지 총 하나 제대로 못 다루던 놈?"

"총은 관뒀나 봐? 그 검은 뭐야? 검으로 범을 상대할 수 있을 것 같아?"

"멍청한 놈."

놈들이 낄낄거리며 제하를 비웃었다.

제하는 무표정하게 검을 검집에 넣었다.

그러는 동안 성진은 범의 목을 집어 들었다.

"이건 네가 한 거냐?"

"그래."

"흥. 검은 좀 쓸 줄 아나 보지? 그런데 이건 네가 운이 좋았던 거야. 이놈은 이미 상처를 입어서 도망치는 중이었거든."

어쩐지 평소에 만나는 범보다 속도가 느리고 약하다 싶긴 했었다.

"하여간 이건 우리가 가져간다. 목 베느라 수고했는데, 원래 먼저 발견한 쪽이 임자잖아."

성진이 당연한 듯 범의 목을 들고 돌아섰다.

"거기 서."

성진은 서지 않았다.

제하는 저벅저벅 걸어가 성진의 어깨를 세게 잡아 돌려세웠다.

성진의 동료들이 무기를 들어 올렸다.

"푸핫. 범 한 마리 잡았다고 아주 의기양양해졌네."

성진은 전혀 무섭지 않다는 듯 웃었다.

"말했지? 이놈은 원래 상처를 입었었다고. 네가 이놈을 잡았다고 해서 우리를 이길 수 있는 게 아니라니까?"

"난 당신들이랑 싸울 생각 없어. 그 머리나 내놓고 가."

"푸하하하하. 야, 야, 이 자식이 하는 말 들었어? 내놓고 가래."

"크하하하하하."

뭐가 웃긴 걸까?

제하는 서늘한 눈으로 성진과 그의 동료들을 응시했다.

"야, 이 새끼야."

놈의 동료가 제하의 어깨를 툭 밀쳤다.

상당히 세게 쳤는데도 제하의 어깨가 꿈쩍도 하지 않자, 놈은 조금 당황한 듯했다.

하지만 자기들 쪽이 더 많다는 걸 깨닫고 비릿한 웃음을 지으며 말했다.

"사냥꾼 놀이는 딴 데 가서 해. 여긴 우리 구역이야."

"네 구역, 내 구역이 어디 있어? 그건 내가 잡았으니까 내려놓고 가. 그럼 봐줄게."

"뭐? 봐줘? 아하하하하하. 진짜 미친 새끼네, 이거."

동료들을 돌아보며 껄껄 웃던 놈은 예고도 없이 제하를 향해 주먹을 뻗었다.

퍼억-!

주먹은 정확하게 꽂혔지만, 제하의 얼굴에 꽂힌 게 아니었다.

어느새 위로 올라온 제하의 손바닥이 놈의 주먹을 정확하게 받아냈다.

우둑-!

제하가 힘을 주자, 놈의 주먹에서 뼈가 부서지는 소리가 들렸다.

"으아아아아악!"

놈이 비명을 지르며 주먹을 빼내려 했지만 제하의 힘을 이기지 못했다.

당황하는 놈들을 보며 제하가 싱긋 웃었다.

"이제 봐주는 게 어느 쪽이지?"

제 6 화

만남

놈들은 총을 갖고 있었다.

무기를 먼저 무력화시켜야 한다.

제하는 주먹이 부서진 놈의 허리에 찬 총을 꺼내 바닥에 내리꽂아 부쉈다. 잡고 있던 주먹을 놓고 놈의 배를 찼다.

놈이 날아가 넘어져서 부서진 손을 잡고 데굴데굴 굴렀다.

그러는 동안에도 제하는 움직였다. 팔꿈치로 옆에 있던 놈의 턱을 가격했다.

빠직-!

턱 부서지는 소리.

동시에 총을 뽑는 성진의 손목을 쳤다.

총이 바닥에 떨어졌다.

발로 밟아 총을 부수며, 몸을 숙여 어깨로 성진의 복부를 들이받았다.

콰앙-!

성진의 등이 벽에 부딪히며 굉음을 냈다.

뒤통수를 벽에 부딪친 성진이 쿨럭거리며 무너져내렸다.

턱 부서진 놈이 덜덜 떨며 총을 들어 올렸지만 하루의 오랏줄이 스르륵 움직여 놈의 손목을 묶었다.

하루가 놈이 떨어뜨린 총을 집어 들며 말했다.

"불길한 물건이로고."

이런 와중에도 저 꾸며낸 듯한 말투를 바꾸지 않는 하루 때문에 제하는 피식 웃었다.

웃겨서 웃었을 뿐인데, 성진의 눈에는 그게 다른 의미로 비쳤나 보다.

"사, 사, 살려줘."

제하는 죽일 생각은 없었지만, 자신을 죽이려고 한 주제에 살려달라고 비는 성진의 모습에 어이가 없었다.

"내가 왜 그래야 하지?"

"나, 나는 범이 아니니까……. 날 죽이면…… 날 죽이면 넌 범죄자가 되는 거야."

"그런 호랑나비 팀도 범이 아닌 일반인을 많이 죽이고 다닌다고 들었는데. 저번에는 날 범 잡는 미끼로 쓰려고도 했고."

"그, 그거야 서로 상부상조해서…… 하하하. 내가 설마 진짜로 널 죽이려고 했겠어? 당연히 마지막에 구해주려고 했지. 실제로도 넌 지금 이렇게 살아 있잖아. 하하하하."

제하는 손바닥으로 성진의 머리를 후려쳤다.

"말이 짧네?"

"미, 미안…… 아니, 죄송합니다. 사, 살려주세요. 앞으로는…… 앞으로는 다시는 그쪽이 사냥하는 걸 건드리지 않을게요."

약속을 지키지 않으리라는 걸 제하는 알았다. 아마 살려주면 자기편을 데리고 복수하러 올 것이다.

'하지만…… 이 사람은 인간이야.'

인간과 비슷하게 생긴 범을 잡는 것도 꺼림칙한데, 인간을 죽일 수 있을 리 없다.

제하는 범 사냥꾼이지 인간 사냥꾼이 아니었다.

그래도 겁을 주기 위해 하루를 돌아보며 물었다.

"어쩔까?"

"우리는 인간을 사냥하는 게 아니니 적당히 하고 보내주거라.”

“그래, 그럼. 앞으로 눈에 띄지 마. 또 이런 일이 생기면, 그땐 나도 인간 사냥을 해버릴 거니까.”

“가, 감사합니다. 절대, 절대로 안 마주칠게요.”

성진이 벌떡 일어났다. 현기증을 느낀 듯 비틀거리던 그는 황급히 자기 동료들을 챙겨서 도망쳤다.

그들이 떠난 후, 제하는 바닥에 굴러다니는 범의 머리를 집어 들었다. 이빨을 드러내고 죽은 범의 머리를 보는 게 그리 즐겁지는 않았다.

그래도 이걸 들고 이살 타워의 범 사냥 담당처로 가면 돈을 받을 수 있다. 그 돈은 앞으로 활동하는 데 유용하게 쓰일 것이다.

“가자, 하루야.”

몸통까지 가져갈 필요는 없었다.

하루와 함께 자리를 뜨려고 할 때였다.

“이야, 멋진걸.”

지붕 위에서 목소리가 들려왔다.

제하는 고개를 들어 목소리의 주인공을 올려다봤다.

해를 등지고 있어서 검은 덩어리로만 보였는데, 체구가 상당히 크다는 걸 알 수 있었다.

'나보다 키가 커 보이는데. 누구지?'

그가 지붕에서 탁, 내려왔다. 거대한 체구에 비해 날렵했다.

그제야 그의 얼굴을 확인할 수 있었다.

갈색 머리칼에 검은 눈동자, 짙은 눈썹 아래로 보이는 눈은 깊고 신중했으며, 조각한 것처럼 날카로운 콧날을 지닌 잘생긴 남자였다. 목과 가슴 쪽에 새긴 현란한 문신과 화려한 코트가 인상적이었다.

나이는 제하와 비슷한 것 같았다.

"누구야?"

"이런 상황에서 이름을 밝히는 게 의미가 있나 싶지만……, 도건."

두근-!

왜일까?

그와 눈이 마주치는 순간, 심장이 뛰었다.

아니, 심장이 뛴다기보다는 몸의 피가 들끓는 느낌이 들었다고 해야 하나?

생전 처음 느끼는 기묘한 것이 혈관을 타고 흐르는 것만 같았다.

'왜 이래? 미쳤나?'

그때, 도건이 고개를 갸우뚱하며 왼쪽 가슴에 손을 얹었다.

"음……?"

도건이 고개를 숙여 자기 가슴을 내려다보더니 다시 제하에게 시선을 고정했다.

도건이 미간을 좁히고 제하를 빤히 응시했다.

"방금 심장이 들끓는 기분이 들었다."

제하가 눈을 부릅떴다. 도건도 자신과 비슷한 기분을 느꼈다는 게 놀라웠다.

"뭐지, 이건?"

"어쨌든."

도건이 총을 들어 올리는 바람에, 제하는 화들짝 놀라 검 손잡이에 손을 댔다.

도건의 총은 제하가 들고 있는 범의 머리를 향해 있었다.

"그건 내 거야."

"내가 잡았어."

"내가 발견하고 내가 상처 입혔어. 그 덕에 네가 잡을 수 있었던 거지. 확인해봐."

도건은 호랑나비 팀 놈들처럼 막무가내로 나오지 않았다. 그리고 제하는 이상하게도 처음 보는 도건이 싫지 않았다. 마치 오랫동안 알아온 사람인 것 같은 느낌이 들었다.

범의 몸통을 살펴보니 정말로 총상이 두 군데 있었다. 아마도 허리 부근에 난 총상이 치명상이었던 것 같다.

도건이 말했다.

“봤지? 아니면 나도 아까 그놈들처럼 본보기를 보여줄 거야?”

“아니.”

제하는 도건과 싸우고 싶지 않았다.

순순히 범의 머리를 넘겨주자, 도건이 고개를 살짝 끄덕여 감사를 표했다.

미련 없이 돌아서려는 도건에게 제하가 말했다.

“나는 제하야. 얘는 하루고.”

“그래서?”

“팀이 필요해. 호랑나비처럼 강한 팀. 우리랑 같이 싸우자.”

“싫어.”

“왜? 너도 혼자 활동하는 것보다 여럿이 함께하는 게 좋지 않아? 만약 돈을 나눠야 해서 그런 거라면…….”

"돈 때문이 아냐."

도건의 눈동자가 차게 가라앉았다. 일순 그의 눈동자를 채우는 슬픔과 고통을 제하는 눈치챘다.

넘치도록 채워져 제하에게까지 흘러든 슬픔은, 차오를 때처럼 순식간에 사라졌다.

도건은 다시 서늘해진 눈으로 제하를 응시하며 말했다.

"나는 이제 팀 같은 거 안 만들어."

"이제……?"

"간다."

도건이 다시 돌아섰다.

제하는 얼른 다가가 도건의 팔을 잡았다.

도건이 인상을 찌푸렸다.

"아무리 애원해도……."

"그럼 연락처라도 알려줘. 혹시 모르잖아. 너도 혼자 활동하다가 우리 도움이 필요할 수도 있고……."

"흐음."

도건은 눈을 가늘게 뜨고 제하와 하루를 살펴봤다.

순둥이처럼 생겼지만 덩치가 크고 의외로 날렵한 제하.

아까부터 아무 말 없이 서 있는, 이상한 옷을 입은 비실비실한 하루.

큰 도움이 될까 싶긴 했지만 혹시 모를 일이었다. 팀은 만들고 싶지 않아도 여차하는 순간 도움을 청할 수 있는 사람을 만들어두면 나쁘지 않을 것이다.

게다가 도건은 제하와 하루가 싫지 않았다. 말 몇 마디 주고받았을 뿐인데도 아주 오랫동안 알고 지낸 것처럼 친근하게 느껴졌다.

도건은 휴대폰을 꺼내며 말했다.

"번호."

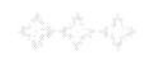

"1억."

제하는 통장 잔고를 확인하며 중얼거렸나.

"이것 봐, 하루야. 1억이야. 아니, 정확하게 말하면 1억 12만 1520원."

통장 잔고가 떠 있는 휴대폰을, 제하는 마치 신성한 물건이라도 된다는 듯 두 손으로 받쳐 올렸다.

하루는 벽에 등을 기대고 앉아서 리모컨으로 틱, 틱, 틱, 채

널을 바꾸며 심드렁하게 말했다.

"그래봐야 검 하나 사기 힘든 돈 아니냐."

범 한 마리 목에 걸린 현상금은 5천만 원.

제하와 하루는 처음 범 사냥에 성공한 돈으로 신나서 거래소를 찾아갔다.

범 사냥꾼이 많아지기 시작하면서 범 사냥에 필요한 무기나 방어구를 파는 거래소가 생겼다.

장비를 조달할 수 있지만 싸울 용기도, 능력도 없는 사람들은 거래소에서 장비를 팔았다. 손재주 좋은 사람들이 개조한 무기 중에는 어마어마한 위력을 가진 것들도 있어서 비싼 값에 거래되었다.

보육원 출신으로 근근이 아르바이트를 하며 살아가던 제하에게 5천만 원은 눈이 휘둥그레질 정도로 큰돈이었다.

당연히 쓸 만한 무기 하나에 방어구 하나 정도는 사고도 남을 줄 알았다.

아니었다.

거래소에서 파는 무기는 기본 2억부터 시작했다.

좀 쓸 만하다 싶으면 4, 5억이 훌쩍 넘었고, 정말 좋은 무기는 경매가 붙어서 가격이 천정부지로 올라갔다.

결국 제하는 범 사냥을 시작한 초보들이나 사용할 법한 환도 하나를 간신히 구해서 돌아올 수밖에 없었다.

소문에 의하면 무기 자체에 기묘한 힘이 담겨서 사냥에 도움이 되는 능력을 발휘하는 경우도 있다고 한다. 제하는 그게 하루의 오랏줄 같은 걸지도 모르겠다고 생각했다.

범이라는 기이한 존재가 나타나면서 기이한 힘을 가진 무기들도 생겨나고 있었다.

이러다가 기이한 힘을 가진 인간도 생겨나는 게 아닐까?

“그래도 1억이라니……. 내 인생에 1억을 실제로 보는 날이 올 줄은 몰랐어. 와, 0이 몇 개야? 믿어져?”

“에잉. 그 정도 돈에 눈이 돌아가서야 큰일이나 하겠느냐. 부서지지 않을 검이 필요하다. 지금 네 검은 한 번 더 범을 만나면 부러질 게다.”

“하아, 그거야 그렇지.”

제하는 벽에 세워둔 자신의 검을 확인했다.

지금껏 고작 세 마리의 범을 상대했을 뿐인데도 검날은 다 상하고 미세한 금까지 생겼다.

제하가 힘만 살짝 줘서 움켜쥐어도 부러질 것 같은 상태였다.

하루의 오랏줄과 제하 자신의 힘이 아니었다면 저번 싸움 때 검은 부러졌을 것이다.

"하지만 어쩌겠어? 1억으로도 이 정도 수준의 검밖에……."

"저거다!"

하루가 제하의 말을 끊었다.

내내 심드렁하던 하루가 두 눈을 부릅뜨고 TV를 노려보고 있었다.

제하도 고개를 돌려 TV를 봤다.

TV에는 뉴스 앵커가 박물관이 어쩌고 하는 소리를 떠들어 대고 있었다.

"저걸 얻어야 해."

"……저 뉴스 앵커를? 사람을 납치하자고?"

제7화
상고시대의 검

제하의 떨떠름한 반응에 하루가 속이 탄다는 듯 고개를 저었다.

"아니, 저 여자 말고. 방금 전에…… 그거, 다시 못 보느냐?"

"좀 지나면 인터넷으로 확인할 수 있긴 한데……."

"그래, 그럼 기다리자."

그래서 기다렸다.

제하와 하루는 마주 보고 앉아, 둘 사이에 있는 휴대폰을 말없이 응시했다.

"저기……, 이러고 있는 거 좀 어색하지 않아?"

"쉿."

"아니, 대화 좀 한다고 해서 그 뉴스 재방송을 못 보는 건 아니거든?"

"아가야, 너는 참으로 쉴 새 없이 나불거리는구나."

"……야, 내가 언제……!"

"쉿."

하루의 단호한 태도에 제하는 어쩔 수 없이 입을 굳게 다물었다.

두고 봐, 내가 먼저 말하나 봐라.

제하는 입술을 오므리고 엉덩이를 움찔거리고 손가락을 꼬물거리다가, 참지 못하고 물었다.

"대체 뭘 가져야 하는 건데?"

"나도 확신할 수는 없구나. 하지만…… 뭔가가……."

하루도 자신이 왜 이러는지 혼란스러운 듯했다.

"일단 한 번 더 보면 확실하게 알 수 있겠지."

하루의 채근에 몇 번이나 새로고침을 한 후에야 재방송을 볼 수 있었다.

대낮에 5구에 있는 박물관이 습격당해 관람객 여섯 명과 박물관 직원 일곱 명이 사망했다는 뉴스였다.

요새는 범 때문에 죽어도 뉴스거리가 안 되는 줄 알았는데, 아무래도 피해자가 많다 보니 뉴스에 나온 듯했다.

자료 화면은 사건 전에 교양 방송에 나왔던 것으로, 박물관 내부를 천천히 둘러보는 장면이었다.

"여기!"

하루의 외침에 제하는 얼른 일시정지 버튼을 눌렀다.

화면은 옛 시대의 유물인 무기와 방어구들을 비추고 있었다.

하루의 검지가 화면 끝부분에 닿았다.

그곳에는 투박한 모양의 검이 있었다.

"이걸 얻어야 해."

"이걸…… 왜?"

"모르겠어. 하지만 이걸 반드시 얻어야만 한다는 느낌이 들어."

제하는 하루의 말을 이해할 수가 없었다.

하루가 가리킨 검은 무척이나 오래돼서, 조금만 잘못 건드려도 부러질 것 같았기 때문이다.

저 검보다는 차라리 지금 갖고 있는, 금이 간 검이 더 튼튼할 것 같았다.

하지만 제하는 하루를 믿었다.

지난 석 달간 하루의 가르침을 받아서 호흡법을 익히고 전투 기술을 연습하자, 전과는 비교도 할 수 없을 정도로 강해졌다.

하루와 함께 있기에 저절로 강해지는 게 아닌지 의심스러울 정도로 성장했다.

하루가 저 검을 얻으라고 한다면, 그래야만 하는 거다.

'하지만…….'

저걸 어떻게 얻어야 할까?

저 넓은 박물관에서 순식간에 여러 명이 죽었다면 박물관을 습격한 범은 한 마리가 아닌 여러 마리라는 의미다.

어쩌면 그 범들이 아직 저 박물관 근처에서 다른 희생자를 노리고 있을지도 모른다.

게다가 아무리 혼란스러운 상황이라도, 검은 시의 소유였다.

그런 걸 몰래 가져와도 괜찮은 걸까?

몰래 꺼내려고 하면 경보 같은 게 작동하지 않을까?

"어서 가자, 제하."

남의 속도 모르고 하루가 채근했다.

"좀 있어 봐. 저거, 진짜로 필요한 거 맞아? 저거 훔치다가 걸리면 우리는 범죄자가 돼."

"저건 우리 것이다."

"뭐? 우리가, 아니, 네가 갖고 싶어 한다고 해서 다 우리 것인 게 아니야."

"하지만 저건 우리 것이다."

"하루 너는 인간의 규칙과 규율을 좀 알아야 할 필요가……."

"지금 그것이 문제더냐?"

하루가 제하의 말을 끊었다. 그의 잿빛 눈동자가 차갑게 빛났다.

"범이 나타났다. 지금 설치는 범들은 그리 강한 놈들도 아니지. 아마 범들이 제 힘을 온전히 가져오지 못했기 때문일 것이다. 하지만 그들의 세계로 향하는 문이 완전히 열려서 범의 힘이 온전해지면? 그러면 어떤 일이 벌어질 것 같으냐?"

범들의 힘이 온전하지 않다고?

오싹-

찬 기운이 제하의 척추를 타고 흘렀다.

범들은 지금도 숨이 막힐 정도로 강했다. 인간보다 훨씬 적은 수의 범들이 신시를 한 군데, 한 군데 궤멸시켜나가고 있었다.

"제하, 너는 지금 온 힘을 다해서 하급 범 한 마리를 간신히 상대할 뿐이다. 범 사냥꾼이라 칭하는 자들도 범 한 마리에 여러 명이 달라붙지. 지금껏 인간들이 잡은 범 중에 중급 이상의 범이 있을 것 같으냐?"

"중급……. 그럼 상급도 있다는 소리야?"

"네가 만난 후포, 그리고 놈의 측근들이 상급이지."

"왜…… 그런 얘기를 이제야 해?"

"그건……."

하루가 인상을 찌푸렸다.

"나도 기억이 온전치가 않다. 분명한 건……."

하루의 눈동자가 휴대폰 안에 있는 검은색 검을 향했다.

"저 검을 보는 순간, 기억의 일부가 돌아왔다는 것. 그리고 저 검은 우리가, 아니, 네가 가져야 한다.

제하는 검은 점퍼를 입고 검은 모자를 꾹 눌러쓴 후, 마스크를 올렸다. 박물관 곳곳에 CCTV가 설치되어 있을 테니 모습을 들키지 않게 해야만 했다.

하루 역시 제하가 중고 시장에서 사 온 검은 점퍼와 모자, 마스크를 착용하고 있었다.

"그 오랏줄 좀 안 보이게 해봐."

"걱정이 많구나. 걱정이 많은 사내는 큰일을 할 수 없는 법이다."

"그래, 난 큰일 할 생각 없으니까 오랏줄 좀 안 보이게 해."

하루가 점퍼 아래로 보이는 오랏줄을 쓰다듬자, 오랏줄이 짧아져서 보이지 않게 되었다.

"굳이 이런 옷을 입어야 할 필요가 있느냐? 불편하구나."

"네 그 팔랑거리는 옷보다는 편할걸."

"내 옷이 얼마나 편한데. 너도 입어보면 알 게다. 통풍도 잘되고……."

"아, 됐고. 저기를 들어가고 나면 소리 안 내게 조심해. 웬만하면 잡히지 않게 해보자고."

"너나 잘해라."

제하는 하루를 한 번 노려봐준 후, 허리를 굽히고 조용히 박물관 정문으로 들어섰다.

한편, 은밀하게 움직이는 두 사람을 지켜보는 무리가 있었다.

박물관 근처에 있을지도 모르는 범을 잡으러 나온 호랑나비 팀이었다.

“요새 같은 시기에도 도둑놈이 있구만.”

성진이 중얼거렸다.

“요새 같은 시기니까 도둑놈이 더 많지. 겉으로는 범 사냥꾼이랍시고 무기 조달해서 강도짓에 도둑질까지 하는 놈들이 얼마나 많은데.”

“별…….”

성진은 자신이 범 사냥꾼이라는 것에 자부심이 있었다.

물론 최우선 목적은 돈을 버는 것이지만, 그 결과 사람들까지 돕는다. 사람들은 성진이 범 사냥꾼, 그것도 호랑나비 팀이라는 걸 알고 나면 경외심이 가득한 눈빛을 지었다.

PC방에서 게임만 하던 시절에는 결코 받지 못했던 눈빛.

힘이 없는 사람들이야 범의 등장에 두려워서 떨지만, 힘이 있는 성진은 지금 이 혼란스러운 시대가 좋았다. 범에게 고마움이 느껴질 정도였다.

‘나한테 이런 힘이 있을 줄은 우리 부모님도 몰랐겠지. 형 새끼는 말할 것도 없고.’

범이 등장하면서 범을 사냥하기에 적합한 힘을 가진 사람들의 능력도 개화했다. 범 등장 이후, 성진은 자신이 조금씩 더 강해지는 걸 느꼈다.

'하지만 그놈은…….'

제하가 떠올랐다.

처음에는 덩치만 클 뿐이었는데, 두 번째로 만났을 때는 동일 인물이 맞는지 의심스러울 정도로 강해졌다.

'어떻게 그렇게 빨리 성장한 거지? 그놈은 우리랑 다른가?'

성진이 고개를 저었다.

'아니, 요행이었겠지. 나도 방심하고 있었고…….'

"혀, 형님!"

동료의 외침에, 성진은 번쩍 정신을 차렸다. 박물관 입구 오른쪽 끄트머리에서 검은 안개가 스멀스멀 다가오는 게 보였다.

안개는 유독 짙고 범위가 넓었다.

그 이유는 하나였다.

"한 놈이 아니야."

적어도 네 마리.

지금 이곳에 있는 호랑나비 팀은 네 명.

네 명이서 범 네 마리를 한꺼번에 상대할 수 있을 리 없다.

'도망치면?'

도망치지 못할 것이다. 범들은 표적을 놓치는 일이 거의 없었다. 저놈들은 지금 우리를 보고 이쪽으로 오는 중일 것이다.

성진은 빠르게 머리를 굴렸다. 문득 아까 박물관 안으로 들어간 두 명이 떠올랐다.

성진의 입가에 비열한 미소가 번졌다.

'미끼가 있으면 싸움은 수월해지지.'

지키는 사람이 있을 거라는 예상과 달리, 박물관에는 인기척이 느껴지지 않았다. 아무래도 박물관을 포기하려는 듯했다.

인간이 없으면 범도 습격하지 않는다.

남은 유물을 관리하겠다고 경비병력을 늘렸다가, 그들마저 모두 범에게 당하면 비난을 면치 못할 거란 판단일 것이다.

"사람이 없으니 좋구나. 둘러보면서 좋은 물건이 있으면 더 챙기자꾸나."

하루는 백화점에라도 온 것처럼 말했다.

"친구를 가려서 사귀라는 말이 있어."

"호오. 그러냐."

"내가 널 만나서 이렇게 범죄자의 길을 걷게 되네."

"범죄자라니……. 몇 번이나 말하지 않았느냐. 그 검은 우리 것이다."

"하아."

제하는 고개를 절레절레 저으며 2층으로 향하는 계단을 올라갔다. 컴컴한 박물관은 스산한 분위기를 자아내고 있었다.

2층의 통로를 따라 쭉 걸어가다가 [상고시대]라고 쓰인 팻말을 발견했다.

그 검이 진열되어 있던 게 바로 여기였다.

제하는 기억을 더듬어 진열장 사이를 걷다가 그 검을 발견했다.

진열장 위쪽 벽에 걸려 있는 장검.

검 손잡이부터 검집, 검날까지 새까만 검.

그 검 아래에는 [상고시대의 검]이라는 명찰이 붙어 있었다.

"야, 하루. 이거……."

옆을 돌아봤더니, 하루가 없었다.

하루는 멀찌감치 떨어진 곳에서 벽에 걸린 뭔가를 빤히 응시하고 있었다.

뭘 저리 보나 싶어서 보니 활이었다.

'자기가 오자고 해놓고…….'

"야, 이리 와서……!"

말을 끝낼 수 없었다.

전보다 훨씬 예민해진 제하의 감각에 무언가 섬뜩한 것이 걸렸다. 소름이 목덜미를 타고 내려갔다. 팔뚝에 솜털이 빳빳하게 서 있었다.

최근 제하가 이런 기분을 느낄 때는 단 하나뿐이었다.

하루도 제하가 느끼는 것을 느낀 듯, 허리의 오랏줄에 손을 대며 전시관 입구 쪽을 노려보고 있었다.

범이 나타났다.

제 8 화

격돌

삿된 어둠이 몰려 들어왔다.

뭉게뭉게 퍼지는 안개에, 하루가 외쳤다.

"검을!"

제하는 허리에 손을 가져갔다.

"검을 잡아!"

왠지 하루가 말하는 검이, 지금 갖고 있는 이 검이 아니라는 생각이 들었다.

제하는 고개를 돌렸다.

상고시대의 검.

도둑질을 하고 싶지 않다는 양심에 머뭇거리는데, 안개가 걷히며 범이 모습을 드러냈다.

한 마리가 아니었다.

네 마리다.

"에이 씨!"

금방이라도 부서질 것 같은 상고시대의 검이 정말로 힘이 될지는 모르겠지만, 이판사판이다.

어차피 지금 가진 검을 휘둘러봐야 한 마리를 제대로 상대하기도 전에 부러질 것이다.

제하는 손을 뻗어, 벽에 걸린 검을 손에 쥐었다.

삐이이이이이-!

검을 쥐는 순간, 귀를 찢는 경보음이 박물관을 가득 채웠다.

범들이 멈칫하며 주위를 두리번거렸다.

하루가 제하 쪽을 돌아봤다.

하지만 전시관 안에서 벌어지는 그 무엇도, 제하에게 영향을 끼치지 못했다.

"내가 선봉에 서겠습니다."

제하는 보고 있었다.

"내가 이 검으로 범을 베겠습니다."

제하는 듣고 있었다.

"그리하여 우리의 땅에 평화를……!"

검의 기억이 제하에게 흘러들어왔다. 검 손잡이가 마치 이 순간을 기다렸다는 듯 제하의 손바닥에 착 달라붙었다.

검과 손이 닿은 부위에서 푸른 빛이 뻗어 나왔다.

푸른 빛이 검을 휘감자, 부서질 것 같았던 검집이 원래의 모습을 되찾았다.

범들도 무슨 일인가 싶어서 제하를 멍하니 구경하고 있었다.

사태를 보다가 범들을 공격하려고 했던 호랑나비 팀도 마찬가지였다.

검에서 시작된 푸른 빛이 제하의 전신을 회오리처럼 감싸고 올라가다가, 나타났을 때처럼 갑자기 사라졌다.

빛이 사라져서 어두운 공간.

제하가 번쩍 눈을 뜨자, 안광이 빛났다.

"척살검."

제하가 중얼거리며 왼손으로 검집을 잡았다. 형형히 빛나는 눈을 범들에게 고정시키고, 오른손으로 발도했다.

검은 검날이 어둠 속에서 빛났다.

"다들 정신 차려!"

범이 외쳤다.

"크르르르르!"

"크아아아앙!"

범들이 괴성을 내지르며 손톱을 길게 뽑았다.

범들은 본능적으로 제하가 위험하다는 걸 깨달았다.

제일 먼저 제거해야 할 대상.

범들의 잔혹한 눈동자가 제하에게 고정되었지만, 제하는 여유롭게 검을 세로로 세우고 검날을 위아래로 훑어보고 있었다.

범들이 제하를 향해 달려들었다.

하루의 오랏줄이 길어져서 범 두 마리의 발목을 동시에 묶었다. 범 두 마리의 다리가 엉켜 고꾸라졌다.

"제하! 정신 차려."

"정신은……."

제하가 씩 웃으며 검을 비스듬히 들고, 코앞까지 다가온 범들을 노려봤다.

"이미 차리고 있어!"

새액-!

척살검이 보이지 않는 속도로 공기를 갈랐다.

하지만 범들도 만만치 않았다. 위험을 느낀 범들은 제하에게 닿기 직전, 방향을 틀어서 몸을 피했다.

빠른 속도로 달려오다가 쉽게 방향을 트는 범의 능력에 제하는 속으로 혀를 내둘렀다.

물론 제하도 거기서 그칠 생각이 없었다.

두 번째 공격을 해오는 범들을 슬쩍 피하며, 하루가 묶어둔 범 두 마리를 확인했다.

발목만 묶고 있던 오랏줄은 점점 길어져서 두 놈의 허벅지를 칭칭 동여매고 있었다.

"집중해, 제하!"

하루의 외침에 얼른 고개를 숙였다.

범의 손톱이 제하의 머리칼을 스치고 지나갔다. 다른 범의 손톱이 제하의 옆구리를 향해 날아왔다.

제하는 검을 거꾸로 세워 손톱을 막아서 쳐내고, 곧바로 검 끝의 방향을 틀어 범의 복부를 향해 찔러넣었다.

범이 팔을 들어 막으려 했지만, 제하의 검이 더 빨랐다.

푸욱-!

검 끝이 피부를 파고드는 느낌이 분명하게 느껴졌다.

제하는 검을 한 번 비튼 후 빼내며, 뒤에서 공격해 오는 범을 팔로 후려쳤다.

괴력에 범의 몸이 붕 날아갔다.

퍼억-!

벽에 부딪쳐 떨어지는 범의 모습에 제하의 눈이 휘둥그레졌다.

'우와, 이게 뭐야?'

이유는 모르겠지만, 갑자기 팔과 어깨에 강한 힘이 깃드는 느낌이 있었다.

하지만 그건 아주 짧은 순간이었고, 그 힘이 사라지자 극도의 피로감이 느껴졌다.

'여유 부릴 때가 아니야. 얼른 끝내야 해.'

공격당한 복부를 움켜쥐고 있던 범이 허리를 폈다.

피가 철철 날 만큼 깊은 상처가 어느새 아물어가고 있었다.

'그러고 보니, 범들 중에는 상처가 엄청 빨리 회복되는 놈들도 있다고 했지.'

"크르르르르."

범이 분노한 듯 콧등을 찡그리고 으르렁거렸다. 제하를 향해 달려오던 범이 갑자기 모습을 감췄다.

그동안의 전투보다 범의 움직임을 따라잡기 쉬워졌지만 아직 완벽하진 않았다.

범의 움직임을 놓쳤다.

두리번거리는 제하의 눈에 눈에 익은 사내들이 들어왔다.

성진을 포함한 호랑나비 팀 네 명.

그들은 제하가 쳐서 날려버린 범에게 달려들고 있었다.

'도와주려고 온 건가……?'

아니, 그런 건 아무래도 좋았다.

하루의 오랏줄에 묶인 놈들이 손톱으로 오랏줄을 끊어내고 발을 빼내려 하고 있었다. 곧 그들도 자유로워질 것이다.

"위!"

입구 쪽에서 누군가가 외치며 활시위를 당겼다.

쌔애애액-!

활을 떠난 화살이 천장을 향해 날아갔다.

고개를 번쩍 든 제하의 눈에, 천장에 매달려 화살을 한 손으로 잡은 범의 모습이 들어왔다.

범이 화살촉을 제하의 정수리에 고정하고 뛰어내렸다.

제하가 뒤로 한 발자국 물러서서 범의 공격을 피하려 했다. 하지만 그쪽에 있던 성진이 제하의 등을 확 밀었다.

예상치 못한 공격에 제하의 몸이 비틀거리며 범의 공격 범위 안으로 들어갔다.

화살촉이 제하의 목 뒤를 찌르기 직전.

휘이익-!

날아온 오랏줄이 범의 손목을 감았다. 하루가 오랏줄의 반대쪽 끝을 잡아당기고 있었다.

"안 돼!"

무슨 일이 벌어졌는지 깨달은 제하가 하루를 향해 몸을 날렸다. 하루는 제하를 돕기 위해, 묶어뒀던 범들을 풀어주고 오랏줄을 날린 것이다.

자유로워진 범들은 제하가 아닌 하루를 공격했다. 범의 손톱이 하루의 복부와 허벅지를 파고들었다.

퍼억-!

퍽-!

그때, 후드를 뒤집어쓴 누군가가 달려와서 또 다른 범 한 마리의 머리통을 후려쳤다.

누군지는 모르겠지만 시간을 벌었다.

제하는 다시 공격해 오는 화살 든 범을 후려치고 하루를 향해 달려갔다.

이번에 후려친 힘은 아까처럼 강하지 않았다.

제하가 하루의 복부에 손톱을 꽂은 범의 등에 검을 꽂았을 때, 금방 일어나서 뒤를 쫓아온 화살 든 범이 제하의 등을 향해 양쪽 손톱을 세웠다.

타앙-!

총소리.

뒤에 있던 범이 휘청했다.

제하는 그 순간을 놓치지 않고 검을 빼내, 가로로 길게 휘둘렀다. 검날을 타고 단단한 것이 스삭, 베이는 느낌이 분명하게 전해졌다.

제하는 목이 떨어지는 걸 확인하지 않고 곧장 하루 쪽으로 몸을 돌려, 아직도 하루를 공격하려고 기를 쓰는 범의 목 뒤를 잡아당겼다.

거칠게 당기는 힘으로 범을 던진 후, 하루의 상태를 살폈다.

"하루, 괜찮아?"

"나는 괜찮다. 싸움에 집중해라."

물론 그럴 생각이었다.

제하가 벽에 집어 던진 범을 향해 시선을 돌렸을 때, 놈은 호랑나비 팀을 향해 달려가는 중이었다.

다른 범의 목을 베느라 여념이 없던 호랑나비 팀은, 범의 접근을 눈치채지 못했다.

"어…… 어어어!"

팀 중 한 명이 뒤늦게 범의 접근을 눈치챘다. 하지만 방어할 틈은 없었다.

탕-!

타앙-!

또 총성이 울렸다.

첫 번째 총알은 범의 가슴에, 두 번째 총알은 범의 미간에 정확하게 파고들었다.

범의 손톱은 호랑나비 팀의 정수리를 꿰뚫기 직전에 멈췄다. 범의 육체가 스륵, 무너졌다.

"허억. 허억."

제하는 숨을 거칠게 몰아쉬며 남은 범을 확인했다. 그 남은 범은 정체 모를 인물의 타격에 죽어가고 있었다.

회색 점퍼를 입은 남자는 제하와 비슷한 또래로 보였고, 타격하는 무기는 활이었다.

"그만……해……."

제하가 남자의 어깨에 손을 얹었지만, 그는 멈추지 않았다.

마치 눈앞의 범이 철천지원수라도 된다는 듯, 붉게 충혈된 눈으로 범을 노려보며 계속 활을 휘둘렀다.

그러다 뚜욱, 활이 부러진 후에야 남자는 배터리가 다 닳은 것처럼 움직임을 멈췄다.

투욱-

부러진 활이 바닥에 떨어졌다.

제하는 잠시 남자의 상태를 살펴보다가 뒤를 돌아봤다.

호랑나비 팀이 자기들 몫의 범 머리를 베어내고, 다른 범의 시체로 접근하고 있었다.

"안 되지, 안 돼. 그건 우리가 잡은 거라고."

복도 쪽 어둠 속에서 귀에 익은 음성이 들려왔다.

총소리를 들었을 때부터 그 목소리의 주인공이 이곳에 왔다는 걸 알고 있었다.

도건이 모습을 드러냈다.

호랑나비 팀이 염치도 없이 도건을 향해 무기를 겨눴다.

"우와, 당신들 호랑나비 팀 아냐? 상도덕 진짜 없네. 도둑도 다른 도둑이 찜해놓은 집은 안 건드리거든? 당신들은 도둑보다 더하네."

"이 새끼가……!"

성진이 총을 들어 올렸다.

사악-!

성진이 방아쇠를 당기기 전, 무언가가 총신 끝을 베어냈다.

성진이 뭐가 벌어졌다는 걸 깨닫기도 전에 누군가 성진의 멱살을 잡고 강한 힘으로 밀어붙였다.

터엉-!

성진의 등이 벽과 세게 부딪쳤다.

"콜록, 콜록, 콜록!"

성진이 세게 기침을 하며 자신을 밀어붙인 상대를 확인했다.

제하였다.

'이, 이놈이 언제……?'

성진의 눈동자가 흔들렸다.

하지만 제하의 호박색 눈동자는 미동조차 없이 고요했다.

제하의 붉은 입술이 벌어지며 낮고 음산한 음성이 흘러나왔다.

"네놈들이 범들을 여기로 끌고 왔지?"

제 9 화
잃어버린 일상

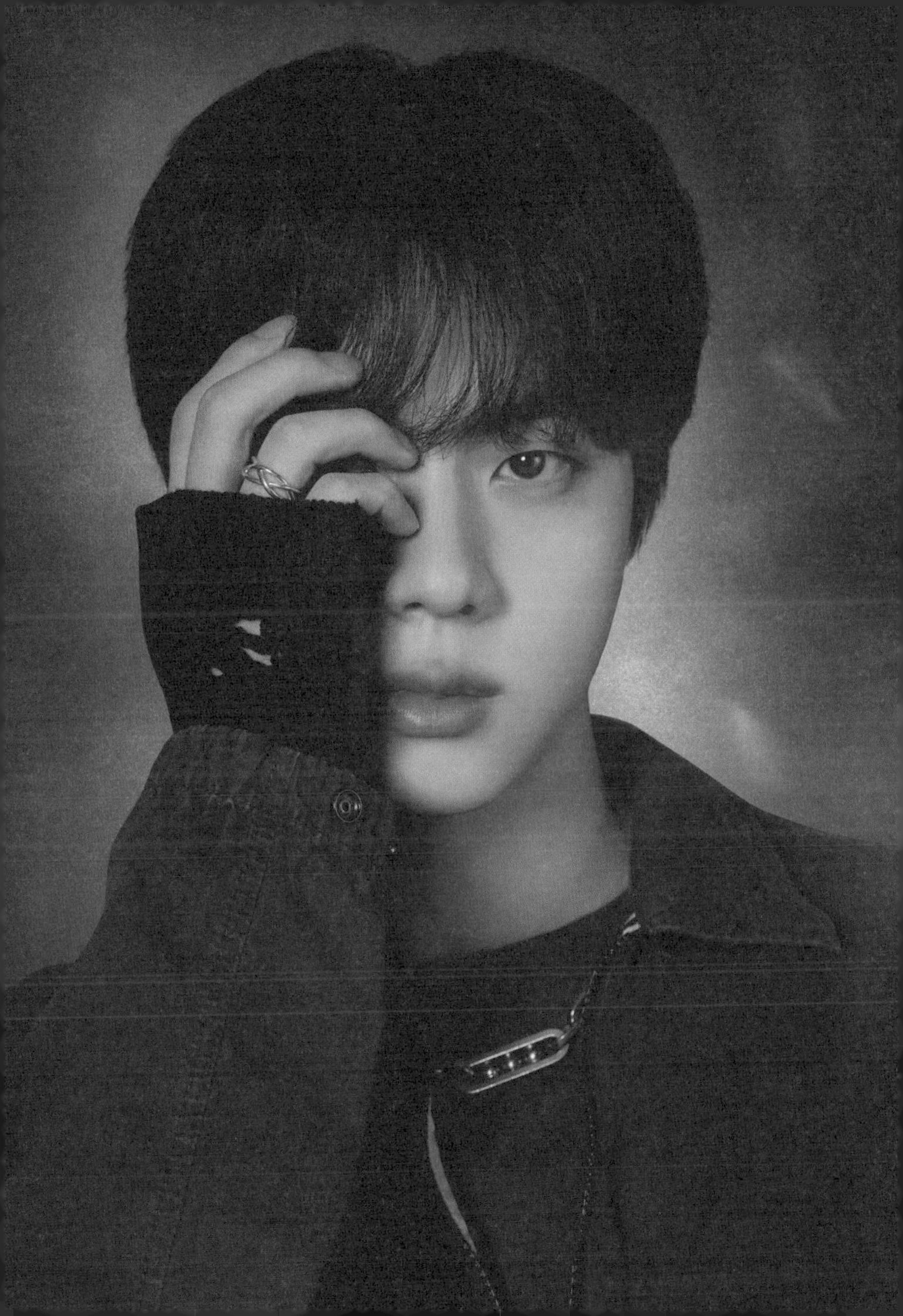

다른 때라면 능글능글 웃으며 '그럴 리가 있나. 피해의식이라도 있어?'라고 내꾸했을 것이다.

혹은 '좀 나눠 먹자고.'라며 협상을 시도했을 것이다.

하지만 제하가 가까이에서 노려보는 지금, 성진은 그 아무것도 할 수 없었다. 고작 숨을 쉬는 게 다였다.

본능적 공포가 성진을 지배했다.

"제하……."

그때, 하루의 목소리가 제하를 일깨웠다.

제하는 퍼뜩 정신을 차리고 성진을 던지듯 내려놨다.

바닥에 쿵 떨어진 성진이 뭐라고 작게 욕설을 내뱉었지만, 성진은 이제 제하의 신경 밖이었다.

"하루야, 괜찮아?"

"나는 괜찮다."

하루가 아까 찔린 부위 위에 손을 얹고 있었다.

아까 심하게 당한 것 같은데, 상처 부위에서 피는 보이지 않았다.

범바위이기 때문인 걸까?

그렇다고 해서 멀쩡한 건 아닐 것이다.

어둠 속에서도 하루가 평소보다 창백하다는 걸 알 수 있었다.

"그건 건드리지 말라니까!"

도건이 외쳤다. 호랑나비 팀이 범 시체를 포기하지 못했나 보다.

하지만 제하는 이제 그런 건 아무래도 좋았다. 하루가 걱정이었다.

"에이, 씨X. 지가 뭘 한 것도 아니면서!"

"가자, 가자고."

"왜, 저거 하나 정도는 더 챙겨도 되잖아."

"그냥 가자니까!"

그 무리 중에서는 대장 격인 성진이 버럭 외치자, 호랑나비 팀은 투덜거리면서도 성진을 따라 전시관 밖으로 나갔다.

“어이, 우리도 나가야 할 것 같은데. 아까 경보가 울렸으니 경찰들이 이쪽으로 오고 있을 거야. 경비원들이 죽고 나서, 경보를 경찰 쪽에 바로 들어가게 해놨다고 하더라고.”

활을 가지고 들어온 남자를 억지로 일으키며 도건이 말했다.

제하는 고개를 끄덕이며 하루를 부축해 일으켰다. 하루가 아픈지 끄응, 신음을 흘리더니 말했다.

“저 활…….”

“응?”

“저 활도 챙기거라.”

“너는 이런 상황에서……!”

“어서!”

제하는 한숨을 푹 내쉬며 벽에 걸려 있던 활을 삽아당겼다.

삐이이이이이-!

또 경보가 울렸다.

네 사람은 서로를 부축하고, 격려하며 박물관을 빠져나갔다.

✤✤✤

제하가 월세로 사는 원룸은 건장한 성인 남성 네 명이 들어가 있기에는 비좁았다.

제하는 하루를 침대 위에 눕혔다.

"어떻게 치료해야 해? 병원에 가야 하겠지?"

"아니, 한숨 자면 된다."

"너, 범 손톱에 찔렸어. 그게 어떻게 잔다고 나아?"

"낫는다. 피도 안 나지 않느냐."

"그건 그렇지만……."

제하는 하루의 상의를 휙 올렸다.

하루가 기함을 하며 상의를 내리려고 했지만 제하의 힘을 이기지는 못했다.

"무, 무슨 짓이야!"

"상처 좀 확인하려고 그러지."

"괜찮다니까 그러네!"

"가만 좀 있어 봐."

제하의 예상대로 범에게 당한 상처는 깊었다.

피부가 찢기고 갈라졌는데, 이상하게 피는 하나도 흐르지 않았다.

"너, 아무리 피가 안 나도 이건 좀…… 심각해 보이는데."

"아이 씨. 자면 낫는다니까."

하루가 툴툴거리며 옷을 내렸다.

제하의 뒤쪽에서 허리를 굽히고 같이 하루의 상처를 살펴 본 도건이 말했다.

"이 친구는 인간이 아닌가 보지?"

"……몰라. 뭔지 모르겠어."

"흐음, 그렇군."

"얘가 인간이 아니라는 걸 믿어?"

"범도 나타나는 마당에 뭔들 없겠냐?"

"하아. 그건 그렇지."

제하와 도건이 짧은 대화를 나누는 사이에, 하루는 새액, 새액 고른 숨소리를 내며 잠이 들었다.

제하는 구석에 웅크리고 앉아 있는 남자를 확인했다.

그는 범의 피 때문에 붉어진 손으로 얼굴을 감싸고 있었다. 무언가 고통스럽고 괴로운 듯 간간이 흐느끼는 소리가 새어 나왔다.

"저기……."

제하가 조심스레 그를 불렀지만 그는 넋이 나간 듯했다.

"저기, 있잖아."

"흐……으으……."

"이봐!"

도건이 거칠게 그의 어깨를 잡아 흔들었다.

그제야 그가 고개를 들었다.

갸름한 얼굴에 다갈색 눈동자, 오뚝한 코 아래에 위치한 도톰하고 붉은 입술. 어둠 속에서 봤을 때보다 훨씬 앳되어 보였다.

얼굴에 튄 범의 피만 아니라면 상당히 잘생긴 얼굴일 거라고 제하는 상황과 어울리지 않는 생각을 했다.

"이봐, 정신 좀 차려 봐. 너, 뭔가 좀 안 좋아 보이는데……괜찮은 거냐?"

도건의 질문에 그의 눈동자가 흔들렸다.

"어이, 너, 네가 누군지는 알아? 너, 이름이 뭐야?"

"환……."

"환? 환이야? 그냥 환?"

"요만한……."

환이 갑자기 손을 올리더니 자신의 앉은키보다 좀 더 높은 위치에서 손을 멈췄다.

"애가 있는데…… 여자애……."

"뭐? 갑자기 여자애가 왜 나와?"

"혹시 못 봤어? 나랑 닮았거든……. 키가 요만하고 머리를 뒤로 총총 땋아서……, 하아……, 파란색 원피스를 입고……."

도건이 입을 다물었다. 제하도 어두운 표정으로 환을 내려다봤다. 환에게 무슨 사정이 있는지 짐작할 수 있었다.

"범이…… 네 가족을 납치한 거냐?"

범을 마주친 평범한 인간의 결말은 둘 중 하나였다.

죽거나 실종되거나.

환이 울음을 참는 듯 아랫입술을 꽉 깨물고 고개를 끄덕였다. 하지만 흐느낌이 새어 나오는 것까지 막을 수는 없었다.

"흐으…… 흐……."

좁은 원룸을 채우는 환의 흐느낌을, 이번에는 도건도 막지 않았다. 하도 울어서 눈물이 말랐는지 커다란 눈에서 눈물은 흐르지 않았다.

하지만 떨리는 그의 어깨가, 일그러진 그의 얼굴이, 그의 고독과 슬픔의 크기를 전해주었다.

"목 뒤에…… 문신이 있는 범이…… 하아. 거기는 있을 줄 알았는데…….

이윽고 흘러나온 환의 말에 도건이 그의 어깨를 세게 잡았다.

"목 뒤에 문신이 있는 범이라고? 혹시…… 눈 아래쪽에 흉터가 있는 범?"

환의 눈이 커졌다.

"그놈을 알아?"

달려들 듯 묻는 환에게 도건이 대답했다.

"나도 그놈을 찾고 있어. 그놈이 내 동생들을 죽였거든."

"어디에…… 어디에 있어?"

"그걸 알면 찾아다니질 않겠지. 다만…… 그놈이 상당히 강하다는 건 알아. 그놈이랑 마주친 범 사냥꾼들은 다 죽었다는 정보가 있어. 호랑나비 팀도 그놈을 마주치면 도망치라는 내부 방침이 생긴 모양이야."

"아, 그렇구나……."

환이 다시 두 손에 얼굴을 묻었다가 벌떡 일어났다.

"가야겠어."

제하가 환의 손목을 잡았다.

"어디 가게?"

"나는…… 집에 가야 해."

"다른 가족이 있는 거야?"

그 순간, 마른 줄 알았던 눈물이 환의 볼을 타고 흘러내렸다.

제하는 아차 싶었다.

"미안."

"아니."

환이 부러진 활을 집어 들었다.

"저기, 환……이라고 했지? 만약 혼자라면 여기에……."

"갈게."

여기에 있어도 돼, 라는 말을 끝까지 듣기도 전에 환이 현관문을 열었다.

하지만 뭔가 떠오른 듯 곧바로 나가지 않고 도건을 돌아봤다.

"문신 있는 범, 찾으면 말해줄 수 있어?"

환은 집을 향해 터덜터덜 걸었다.

솔직히 말하자면, 아까 제하가 붙잡았을 때 그곳에 머물고 싶었다.

제하와 도건, 그리고 하루.

그들은 처음 만나는 건데도 왜인지 모르게 가족과 같이 있는 것처럼 편안했다. 아니, 그 이상으로 편안했다. 못 이기는 척 붙잡혀서 그 온기에 몸을 기대고 싶었다.

하지만 그럴 수는 없었다.

만약 내가 없는 동안 동생인 주희가 돌아오면?

그런데 집에 아무도 없어서 날 찾으러 밖에 나갔다가 또다시 놈들에게 잡히면?

텅 빈 집이라도 내 집이다.

환은 집 앞에서 멈춰, 굳게 닫힌 현관문을 응시했다.

이 문을 열 때마다 상상한다.

며칠 전 벌어진 그 모든 것이 꿈이고, 문을 열면 언제나처럼 엄마가 반갑게 맞이해주기를.

"왔니?"

아빠의 목소리가 들려오기를.

"어이쿠, 비가 오네."

동생 주희의 칭얼거림이 들려오기를.

"엄마! 오빠가 또 내 아이스크림 몰래 먹었어!"

간절히 소망했다. 부질없는 소망이라는 것을 알면서도, 매번 그랬다.

이를 악물고 문을 열었다.

어깨를 축 늘어뜨리고 들어가는 환을 반겨주는 건 캄캄하고 무거운 침묵.

사실은 알고 있었다.

엄마와 아빠는 그날 죽었다.

주희는 산 채로 잡혀갔지만 벌써 며칠이나 지났다. 범에게 잡혀가서 살아 돌아온 사람은 없었다.

이 집이 다정한 온기로 가득 차는 날도, 즐거운 대화로 북적거리는 날도, 결코 찾아오지 않으리라는 걸, 환은 아주 잘 알고 있었다.

현관문에 기댄 채 그대로 허물어졌다.

환의 흐느낌이 고요한 집을 서글프게 채웠다.

환이 나간 후에도 도건은 제하의 방에 남아 있었다

제하는 오늘 얻은 '척살검'이라는 무기를 천천히 살펴보고 싶었기에 도건의 존재가 거북했다.

도건이 편하게 느껴지기는 해도 결국은 타인.

그런 도건에게 박물관에서 검과 활을 훔치는 걸 들키고 말았다.

'하루는 왜 활까지 집어오라고 해서는…….'

제하는 활을 다뤄본 적이 단 한 번도 없었다.

그렇다고 해서 언제나 느긋하게 여유를 부리는 하루가 활을 들고 전투에 임할 것 같지도 않았다.

팔짱을 끼고 벽에 기대서서 제하를 응시하던 도건이 입을 열었다.

"직업을 도둑으로 바꾸려는 거라면……."

"아니야. 그거 아니야."

도건이 씩 웃었다.

"뭘 그렇게 당황하고 그래? 이런 세상에서 도둑질 좀 하는 게 어떻다고."

"이런 세상이니까 더더욱 도둑질은 하면 안 되는 거였어."

"그런 것치고는 급한 순간에 활까지 챙기던데?"

그 부분을 지적해온다면 할 말이 없다.

"그나저나 너, 정말 강하더라. 저번에 봤을 때보다 더 강한 것 같던데."

"열심히 연습했거든."

"연습한다고 해서 그렇게까지 강해지는 게 가능한가? 내가 나름 눈이 좋다고 자부하는데, 네 움직임은 못 따라가겠더라. 넌 마치……."

거기까지 말한 도건이 인상을 찌푸렸다.

도건은 뭔가 생각하는 듯 고개를 옆으로 돌리고 한동안 가만히 있다가, 다시 제하와 눈을 맞췄다.

도건의 눈에 의문이 가득했다.

"넌 마치 범처럼 움직였어."

제 10 화

호랑나비 군

오싹-

제하는 등골이 서늘해졌다.

'내가 범처럼 움직였다고?'

확실히 제하에게는 범인 아버지의 피가 흘렀다.

하지만 이전까지는 범 같은 능력을 발휘한 적이 단 한 번도 없었다.

아니라고 단호하게 부정하기에는, 제하도 짚이는 장면이 몇 가지 있었다.

엄청난 속도로 움직이는 두 마리의 범을 동시에 상대하는 게 버겁지 않았다. 한 놈에게 검을 꽂으며, 다른 손으로 뒤에서 달려드는 놈을 후려쳤다.

그때는 전투에 집중한 상태라서 이상하다는 걸 깨닫지 못했지만, 되새겨 보니 확실히 이상했다.

'난 어떻게 그게 가능한 거지?'

도건은 여전히 제하를 빤히 응시하며 대답을 기다리고 있었다.

그의 눈이 자신을 비난하는 것만 같았다.

'너, 범이랑 무슨 관계가 있는 거 아냐?'

그런 질문을 하는 것 같아서 눈을 마주치기 힘들었다.

'내 아버지가 범이야. 나는 범과 인간의 혼혈이야.'

그렇게 대답하면 과연 도건은 어떻게 나올까?

아까 환이라는 남자도 그렇고, 도건도 그렇고, 범에게 소중한 사람을 잃은 것처럼 보였다.

물론 제하가 한 짓도, 제하의 아버지가 한 짓도 아니었다.

하지만 과연 범 때문에 많은 것을 잃은 그들이 이해해줄까?

제하가 입을 꾹 다물고 대답하지 않자, 도건이 벽에서 등을 떼고 제하를 향해 다가왔다. 올라간 도건의 손이 멱살이라도 잡을 줄 알았다.

하지만 도건은 제하의 어깨를 툭 치며 웃었다.

"뭘 그렇게 심각한 표정을 짓고 그래? 훈련 방법이라도 캐낼까 봐 그래?"

"아니, 그게……."

"뭐, 순순히 얘기해주면 열심히 들어서 내 걸로 만들어야겠다는 생각이 없었던 건 아니지만, 얘기해주기 싫으면 됐어. 원래 자기 훈련 방법은 남이랑 잘 공유하지 않잖아.

"어, 으응……."

"그나저나 너, 저 비실비실해 보이는 놈이랑 단둘이 다니는데 너무 설치고 돌아다니는 거 아냐?"

도건의 지적에 발끈했다.

"내가 언제……!"

"범들이 박물관을 습격하고 얼마 지나지도 않았는데 거긴 왜 기어들어 가? 범이 나타난 곳에는 당연히 나비들이 온다고."

나비들이라는 건, 호랑나비 팀을 말하는 것 같다.

"그놈들이 그렇게 위험해?"

"수많은 범 사냥꾼 팀이 생기고 있는데, 왜 걔들이 이렇게 빨리 사냥률 1위를 차지했겠냐?"

제하는 짐작도 할 수 없었다.

멍하게 쳐다보는 제하의 이마를 도건이 검지로 쿡 눌렀다.

"순진한 녀석. 뻔하잖아. 그놈들, 다른 사냥꾼이 잡은 걸 중간에 가로채거나, 다른 사냥꾼을 미끼로 삼아서 사냥을 한다고. 골로 간 사냥꾼 중에서 상당수는 그놈들 손에 죽었을걸."

"설마 그런 짓까지 할까?"

"아까 그런 짓을 당하고서도 몰라? 끼리끼리 모인다잖아. 그놈들 중에 정상인 놈 없어. 혼란 중에 교도소에서 탈주한 놈, 잡히지만 않았을 뿐 범죄를 저지르고 다녔던 놈……. 미친놈들이란 미친놈들은 다 모여 있다더라."

어릴 때부터 뒷세계에 발을 걸치고 있던 도건은 그런 쪽의 소문에 밝았다.

"그러니까 조심해. 범도 범이지만, 혼란 속에서 광기에 젖은 인간들은 범보다 위험해질 수 있거든."

"조언, 고마워."

제하가 솔직하게 말하자, 도건이 씩 웃으며 제하의 머리를 쓱쓱 쓰다듬었다.

제하는 타인이 자신의 몸에 손대는 걸 좋아하지 않았지만 도건의 손길은 싫지 않았다.

형이 있다면 이런 느낌일까?

"그런데 우리가 위험하면 너도 위험하지 않아? 우린 그나마

둘이지만 넌 혼자잖아."

"난 괜찮아."

도건이 총을 꺼내서 손가락에 걸고, 한 바퀴 빙글 돌렸다.

"총잡이잖아. 멀리서 지켜보다가 끼어들 만하면 끼어들고, 아니다 싶으면 냅다 튀면 되거든."

"아, 그러셔."

"모쪼록 몸조심해라. 다음에도 살아서 만나게."

호랑나비 팀의 총대장인 동철은 박물관 침입 사건을 조사하는 5구의 경찰서에 찾아갔다.

"아이고, 수고들 하십니다."

동철이 뒤따라 들어온 부하들에게 눈짓하자, 부하들이 일사불란하게 움직여 들고 온 음식들을 돌렸다.

"아이고, 뭘 이런 걸 다 갖고 오시나?"

동철이 요새 유명해진 호랑나비 팀의 총대장이라는 걸 알아본 소장이 몸소 일어나서 동철을 향해 다가와 악수를 나눴다.

둘은 안쪽의 회의실로 이동했다. 동철이 서장에게 준비해온

두툼한 봉투를 넘겼다.

"박물관 침입 사건 당시의 영상을 좀 보고 싶은데요."

"영상이라면, 범들이 학살했을 때 영상을 말씀하시나?"

소장이 봉투 안에 담긴 돈의 액수를 확인하며 건성으로 물었다.

"아니, 아니. 그 후에 절도범들이 들어왔을 때 영상이요."

"흐음. 그런 건 왜 보고 싶어 하시나?"

소장이 수상쩍다는 듯 물었다.

"범이 습격한 지 얼마 되지도 않았는데 어떤 간 큰 놈들이 박물관을 털러 들어갔나 궁금해서 그럽니다."

동철이 실실 웃으며 품에서 봉투 하나를 더 꺼냈다. 이번 봉투는 처음 것보다 두툼했다.

소장이 침을 꼴깍 삼켰지만 동철은 아까처럼 바로 봉투를 넘기지 않았다.

"볼 수 있겠습니까?"

"봐도 뭐 별거 없네. 멍청한 놈들이 다 부서져가는 것만 훔쳐 갔거든. 더 가치 있는 것들은 3층에 있었는데, 범 때문에 위층에 올라갈 엄두도 못 낸 모양이야."

소장은 그렇게 말하면서도 더 이상 캐묻지 않고 밖에 나갔다가, CCTV 영상이 담긴 노트북을 갖고 돌아왔다.

"혼자서 좀 볼 수 있을까요?"

"그래, 뭐. 복사하면 안 되네. 망가뜨려도 안 되고."

"아무렴요."

소장이 나간 후, 동철은 모니터에 비치는 화면을 뚫어져라 응시했다.

어제 성진이 찾아왔다.

"총대장님. 죽여버리고 싶은 놈이 하나 있습니다."

"그럼 죽여버려."

"저 혼자서는……."

"네 팀원들은 어디다 두고? 국 끓여 먹었냐?"

이제 호랑나비 팀은 더 이상 '팀'이라는 이름을 붙이기 무색할 정도로 성장했다.

사람들은 호랑나비를 '호랑나비 군'이라고 부르기 시작했고, 호랑나비 군은 여러 팀으로 나뉘어 각지에서 활동하는 중이었다.

성진은 그 팀 중 하나를 맡고 있었다.

"강한 놈입니다."

“범이냐?”

“인간입니다.”

성진은 그놈이 ‘제하’라고 했다. ‘하루’라는 이름의 묘한 말투를 쓰는 놈이랑 같이 다닌단다.

동철은 둘 다 처음 들어본 이름이었다.

성진은 호랑나비 팀에서도 상당한 실력자였다. 그런 성진이 자기 팀을 데리고도 상대하기 버겁다면 상당히 강한 놈들이라는 의미다.

성진의 개인적인 원한과 관계없이, 제하라는 놈이 궁금해졌다.

그래서 아까운 돈까지 써가며 그날의 영상을 확인하기로 결심한 것이다.

모니터 안에는 놀라운 광경이 펼쳐지고 있었다.

‘저게 뭐야……?’

전시관에는 인간 여러 명과 범 네 마리가 있었는데, 거의 제하 혼자서 싸우고 있었다.

조금 밀리기는 해도 질 것 같은 느낌은 아니었다.

중간중간 위험에 처하기는 했지만, 누군가 도와주지 않았더라도 제하가 충분히 이길 수 있었으리라는 걸, 싸움에 일가견이 있는 동철은 알 수 있었다.

'저거, 뭐 하는 놈이지?'

제하는 거의 보이지 않는 속도로 움직였다.

보통 속도가 빠르면 힘이 약해지기 마련인데, 범 한 마리를 쳐서 날려버릴 정도의 괴력까지 가지고 있었다.

'내가 왜 저런 놈이 있다는 걸 몰랐지?'

동철이 능력 좋은 신인을 대하는 방식은 둘 중 하나였다.

호랑나비 팀에 끌어들이거나 거부하면 죽이거나.

완전히 혼자서 싸운 건 아니라지만, 범 네 마리를 두려움 없이 상대할 수 있는 인물을 여태까지 몰랐다는 게 이해되지 않았다.

'저런 놈이 있었다면 돈을 꽤 벌어갔을 텐데…….'

이살 타워에 있는 범 현상금 담당처에 팀원 하나를 보내뒀다.

유독 자주 범 머리를 들고 찾아오는 놈이 있으면 미행해서 거주지를 알아두라고 했다.

부하가 알아낸 뛰어난 신인 중에 제하는 없었다.

'뭐, 어쨌든 지금이라도 알게 됐으니 다행이야.'

동철은 범 사냥 1위에 빛나는 영광스러운 자리를 놓칠 생각이 없었다.

제하처럼 강한 놈은 완전히 굴복시켜서 자신의 아래에 두거나, 그게 불가능하다면 일찌감치 싹을 제거해둬야만 한다.

"얼마 전에 파리들이 뭔가 대단한 놈을 잡았다더라."

이제 도건은 호랑나비 팀을 '나비들'도 아닌 '파리들'이라고 부르게 되었다.

지금 제하는 3구에 있는 편의점 앞에서 컵라면을 먹는 중이다.

범의 무차별적인 습격으로 폐허가 된 3구.

혹시 미처 발견하지 못한 정보가 있지 않을까 싶어서 찾아왔다가 비슷한 생각으로 온 도건과 딱 마주친 것이다.

편의점은 한 번 강탈이 일어난 듯, 창문이 부서지고 진열장이 엉망으로 쓰러져 있었다.

그 사이에서 그나마 먹을 만한 컵라면 몇 개를 발견해서 생으로 우적우적 씹어먹고 있었다.

"대단한 놈이라니?"

"범 한 마리를 발견했는데, 전투에 들어가기 전에는 인간이랑 완전히 똑같았대."

"범은 원래 인간이랑 똑같…… 아, 좀 다르구나."

범은 인간과 똑같이 생긴 듯하지만, 자세히 보면 피부색이나 모질, 눈동자 색깔 같은 것이 인간과 좀 달랐다.

그래서 범들은 낮에 사람들 사이에 섞여서 다닐 때, 온몸을 가리는 옷을 입었다.

범 사냥꾼들은 모자를 푹 눌러쓰고 피부를 가리는 느낌으로 다니는 사람만 보면 기습적으로 모자를 벗기고 피부색과 눈동자 색을 확인하는 방식으로 범을 발견하기도 했다.

"범은 피부가 약간 푸르딩딩하다고 해야 하나, 거무죽죽하다고 해야 하나? 아무튼, 좀 다르다 싶잖아. 그런데 그 범은 인간이랑 똑같았나 봐. 게다가 어마어마하게 강하대. 파리들 몇 명이 죽은 모양이야."

"중급일 게다."

생라면 끄트머리를 한 가닥씩 잘라서 오물오물 씹던 하루가 말했다.

"중급? 그게 뭔데?"

제하는 도건에게 하루가 말한 범들의 급에 대해 설명했다.

도건의 표정이 어두워졌다.

"파리들이 잡은 것보다 더 강한 급도 있단 말이야? 그런 걸 이기는 게 가능하기나 해?"

"인간은 가능성의 동물이지. 뭐든 가능하다."

하루의 말에 도건이 제하를 돌아봤다.

'쟤, 왜 갑자기 명언 폭발이야?'라는 눈빛이었다.

제하는 어깨를 으쓱하며 말했다.

"TV를 많이 보거든."

"하여간 특이한 놈이야. 너도 그렇고, 저 녀석도 그렇고."

"목에 문신이 있는 놈은 아직 못 찾았어?"

"어. 그런데 내 동생을 잃은 날 목격 정보를 하나 더 찾았어. 다른 범들이 그놈을 불티라고 불렀다더라."

"불티……? 이름이 왜 그 모양이야?"

"지금 그게 문제냐?"

면박을 주면서도 도건은 키득키득 웃었다.

도건은 웃는 얼굴이 근사했다.

제하는 도건과 좀 다른 상황에서 만났더라면 좋지 않았을까, 라는 생각이 들었지만 곧 그 생각을 지웠다.

다른 상황이었다면 둘은 어울릴 수 없는 상대였을 것이다.

제하는 하루 벌어 하루 먹고사는 아르바이트 인생이었고, 도건은 아무리 봐도 뒷세계에서 좋지 않은 일을 해온 것 같았다.

"또 소식 생기면 연락할게. 몸조심해라."

언제나처럼 도건이 먼저 작별 인사를 하고 떠나려고 할 때였다. 누군가 그들이 앉아 있는 파라솔 테이블 옆에 섰다.

제 11 화

범이 들어온다

그는 청바지에 딱 달라붙는 검은 티셔츠를 입은 체격이 좋은 사내였고, 팔뚝에 나비 문신이 있었다.

"네가 제하냐? 우리 동철 형님께서 좀 보자신다."

사람을 만나러 온 것치고는 무례한 태도였다.

'동철…….'

어디서 들은 이름 같아서 기억을 더듬다가, 호랑나비의 총대장이라는 걸 떠올렸다.

남자의 자신만만한 태도도 이해가 됐다. 호랑나비의 총대장이 만나자고 하는데 싫다고 거절할 범 사냥꾼은 없을 것이다.

"싫은데."

하지만 제하는 거절했다. 호랑나비 팀에 좋은 감정이 없었다.

"뭐라고?"

남자의 얼굴이 대번에 일그러졌다. 두툼한 팔뚝에 힘줄이 불끈 올라오는 걸 보니 한 대 때리고 싶은 걸 꾹 참는 듯했다.

호랑나비에는 이런 놈들밖에 없는 걸까?

이제는 팀이 아니라 '군'이라고 불릴 만큼 세력이 커졌다던데, 이런 놈들이 그렇게 많이 모여 있다는 걸 상상만 해도 몸서리가 쳐졌다.

"싫다고."

"쬐끄만 게 요새 좀 잘나간다고 하늘 높은 줄 모르는 모양인데…… 이 형님이 예의를 가르쳐주기 전에 조용히 따라와라, 엉?"

"가자."

제하는 남자의 말을 무시하고 도건에게 말했다. 흥미진진하게 지켜보던 도건이 고개를 끄덕였다.

무시당한 남자의 얼굴이 붉으락푸르락해졌다. 남자가 더는 참지 못하고 제하의 어깨를 잡는 순간.

휘익-!

터엉-!

남자의 몸이 공중에 붕 떠올라 빙글 돌아 바닥에 떨어졌다.

남자는 자신에게 무슨 일이 벌어졌는지 모르겠다는 듯, 눈을 휘둥그레 뜨고 있었다.

남자를 업어 치기로 내리꽂은 제하는 그를 무심히 내려다보며 말했다.

“당신도 예의는 없어 보이는데.”

“너……! 큭!”

제하가 발로 남자의 가슴팍을 세게 밟았다.

“볼일이 있는 쪽에서 찾아오는 게 매너 아냐? 그리고 동철이란 사람이 직접 와도 소용없을 거야. 난 당신 같은 사람들, 별로거든.”

제하를 데려오라고 보낸 부하 경태의 보고에 동철의 얼굴이 뻘겋게 달아올랐다.

“그 어린 새끼가 그딴 소리를 했다고?”

“네, 형님.”

“하!”

괜찮은 녀석이면 데려와서 잘 키워주려고 했는데, 안 되겠다.

그렇게 버릇없는 놈이라면 앞으로 호랑나비 팀에 악영향을 끼칠 것이다. 만약 비슷한 놈들끼리 팀이라도 만들어서 호랑나비와 경쟁하려고 들면 귀찮아진다.

"얼른 없애버려야겠구만. 그렇지?"

마로 일당은 지하 통로를 통해서 걸어갔다.

그들은 어깨에 오늘 잡은 인간들을 짊어지고 있었다.

인간들은 흐느끼고 비명을 질렀지만 마로 일당은 개의치 않았다.

"여전히 기분 나쁜 곳이야."

마로의 옆에서 걷던 불티가 투덜거렸다.

지하 통로는 규칙적으로 기분 나쁜 소리를 내고 있었다.

나무줄기, 아니, 혈관 같은 것들이 지하 통로 여기저기에 뻗어 있었다.

"기분 좀 나쁘면 어때서."

마로가 통로 중간에서 멈춰, 그 옆에 있는 문을 열고 밖으로 나갔다. 그 문은 커다란 지하 감옥으로 연결되어 있었다.

"이런 건물 지하에 이런 곳이 있는 줄은 아무도 모를걸."

넓은 지하 감옥에는 수십 개의 철창이 있었고, 철창마다 잡아 온 인간들이 가득했다.

잡혀 온 지 얼마 되지 않은 인간들은 어떻게든 탈출하기 위해 애쓰고, 오래전에 잡혀 온 인간들은 이제 절규할 힘도 없는 듯 축 늘어져 있었다.

마로 일당은 철창 중 하나에 오늘의 수확물을 밀어 넣었다.

"사, 살려줘요! 살려주세요!"

"저는 어린 딸이 있어요. 제발 좀 살려주세요. 여기서 본 건 아무한테도 말하지 않을게요!"

"나, 나는 국회의원이야! 날 내보내준다면 도, 돈을 줄게. 원하는 만큼 줄 수 있어!"

"제가, 제가 도울게요. 여러분이 더 수월하게 움직일 수 있게 도울 수 있어요."

아직 삶의 의지가 있는 인간들은 철창에 매달려 마로 일당의 눈에 들기 위해 애썼다.

마로는 그게 참 좋았다.

이 인간들 때문에 인왕산 그 지독한 그림자의 세계에 갇혀 일 년에 단 하루만 자유를 누리며 살아온 지 몇 년째인가. 헤아릴 수 없도록 까마득한 세월이었다.

범들을 그 지독한 세계에 밀어 넣은 인간들이 이제는 마로에게 살려달라고 애원하고 있다.

물론 마로는 그들을 살려줄 생각이 없었다.

"인간이 싫을 거예요. 그렇죠?"

몇 달 전, 폐건물에서 마주친 인간 같지 않은 묘한 인간은 마로에게 말했다.

"당신들을 위해 근사한 장소를 마련해주지요. 대신 당신들이 날 위해 해줘야 할 게 하나 있어요."

"하! 내가 왜 네놈을 위해 뭔가를 해줘야 하지? 너 따위는…… 크윽!"

마로는 그를 이길 수 없었다.

온 힘을 개방했는데도 그의 옷자락 하나 상하게 할 수가 없었다.

입가를 가린 검은 부채 너머로 보이는 그의 눈동자는 아무리 봐도 인간의 눈동자가 아니었다.

범의 것으로 보이지도 않았다.

'대체 이놈은…….'

한 번도 느껴본 적 없는 형태의 공포가 거대한 덩어리가 되어 마로를 짓눌러왔다.

"나는 당신의 분노를 이해하지요. 곰과의 전쟁에서 패배한 범들이 얼마나 오랜 시간 고통을 받았을지……. 그것만 생각하면 눈가가 시큰해진답니다."

마로가 눈을 부릅떴다.

그가 그 사실을 어떻게 아는 걸까?

몇천 년의 세월이 흘렀다. 이제 인간 중에는 그 일을 기억하는 이가 남아 있지 않았다.

시간이 멈춘 그림자의 공간에서 아득바득 살아온 범들만이, 그 처절한 전쟁과 패배, 동료가 흘린 피를 기억하고 있을 뿐이었다.

놀란 마로를 내려다보는 그의 눈이 가늘어졌다.

"나는 그저 평화를 원할 뿐이에요."

그의 요구는 단 하나였다.

안전한 장소를 제공할 테니 그 장소를 인간들의 피로 채우라는 것.

어차피 그럴 생각이었던 마로에게 그의 제안은 달갑기만 했다.

마로는 후포를 존경해왔지만 지금 그의 방식은 마음에 들지 않았다.

'나쁜 놈들 위주로만 잡아먹고, 애는 건드리지 말라니. 애고 어른이고 인간인 건 마찬가지고, 인간들은 다 나쁜 놈들이라고!'

마로는 감옥 통로를 천천히 거닐며, 인간들의 애원과 절규와 흐느낌을 들었다.

그러다가 어느 철창 앞에서 우뚝 멈춰 섰다.

쓰러져서 죽을 날만 기다리거나, 철창을 붙들고 어떻게든 마로의 눈에 들려고 애쓰거나, 자신에게 벌어진 일을 믿지 못하고 우는 사람들 사이에, 딱 한 명.

형형한 눈으로 벽을 노려보며 앉아 있는 남자가 있었다.

이곳에 잡혀 온 지 꽤 오래되어 마로에게도 익숙한 남자였다.

"호수."

마로가 부르는데도 호수는 마로 쪽으로 시선을 돌리지 않았다.

이곳에 잡혀 올 때만 해도 다른 인간들처럼 나약한 모습을 보이던 호수는, 고문을 받으면 받을수록 망가지는 게 아니라 더 견고해지는 것처럼 보였다.

처음에는 고문을 받으며 살려달라고 부르짖더니, 이제는 작은 신음 정도만 흘릴 뿐, 이를 악물고 그 고통스러운 시간을 견뎠다.

게다가 다른 인간들처럼 쉽게 죽지도 않고 벌써 몇 달을 살아남았다.

마로는 그런 호수가 재미있었다. 호수가 얼마나 버틸지 궁금했다.

"나와라. 안 나오면, 알지?"

마로의 손톱이 근처에 있는 어린 여자아이를 가리켰다.

오랜 굶주림과 고문으로 죽어가는 아이였다.

어차피 죽을 아이, 내버리면 될 텐데도 호수는 묵묵히 일어나서 철창으로 다가왔다.

앞으로 자신에게 무슨 일이 벌어질지 알면서도 호수의 얼굴에는 그 어떤 표정도 나타나지 않았다.

❖❖❖

7구에 있는 샛별 유치원은 아직 정상적으로 운영되고 있었다.

신시의 '왕'이나 다름없는 환웅은, 시민이 일상을 잃지 않아야 희망도 있는 거라며 이 혼란이 끝나는 날까지 시민들을 위해 전폭적인 지원을 해주겠다고 했다. 정부조차 어떻게 하지 못하는 상황에서 참으로 감사한 일이었다.

유치원, 학교 등 미성년자가 모이는 곳은 환웅이 개인적으로 고용한 경비원들이 보초를 서줬다. 경비원 중에는 '범 사냥꾼'도 한 명씩 끼어 있었다.

대형 쇼핑몰이나 학원가, 상점가 등에도 환웅이 고용한 경비원과 범 사냥꾼이 돌아다니기에 신시의 시민들은 그나마 안심하고 생활할 수 있었다.

"5구에도 범이 나타나기 시작했네요."

아이들의 낮잠 시간, TV로 뉴스를 보던 유치원 교사 해영이 말했다.

"그렇다더라고요. 이번에는 열 명이나 사라졌다던데……."

"요새는 이상하게 죽는 사람보다 실종되는 사람이 더 많은 것 같지 않아요?"

"실종이 더 무서워요. 사라진 사람들은 대체 어디에 있는 걸까요? 무슨 짓을 당하는지도 모르겠고……."

"만약 끔찍한 짓을 당하는 거라면, 차라리 그 자리에서 죽는 편이 나을지도 모르겠어요."

같은 유치원 교사인 지혜가 한숨을 내쉬었다.

"이렇게 일상을 유지하는 게 정말 좋은 일일까요? 범을 잡기 위해 최선을 다하고 있다고는 하는데, 구시가지 쪽은 하나, 하나 망하고 있잖아요. 6구에 사는 사람들은 벌써 피난 준비를 하는 모양이에요. 군대에서 함부로 이동하지 말라고 막고 있는 것 같지만."

"정부는 왜 사람들을 이동하지 못하게 하는 거죠? 위험할 것 같으면 도망치는 게 당연하잖아요."

"높으신 분들 뜻을 우리가 어떻게 알겠어요? 그나마 환웅 님이라도 계시니 이러고 버티는 거지."

"그러게 말이에요. 환웅 님 안 계셨으면 우리 신시는 어땠을지……, 어휴."

거기까지 얘기했을 때였다.

"범이다!"

"막아!"

"그, 그쪽……! 크아아아아악!"

"으악! 저기…… 아, 안 돼애애애!"

밖이 소란스러워졌다.

타앙-!

탕-!

총성이 울리고, 온갖 무기가 부딪치는 소리가 들려왔다.

유치원 교사들은 벌떡 일어났다.

"으아아아아앙!"

"엄마아아아!"

"아아앙!"

소란 때문에 잠에서 깬 아이들의 울음소리가 여기저기서 들려왔다.

자기 한 몸 살자고 도망치는 교사도 있었고, 아이들을 지키기 위해 교실로 달려가는 교사도 있었다.

해영도 그런 교사 중 한 명이었다.

해영이 들어가자, 아이들이 울면서 해영에게 달려왔다. 그런 와중에도 밖에서는 비명과 싸우는 소리가 계속 들려왔다.

해영은 덜덜 떨면서도 아이들을 보듬어 안았다.

“괘, 괜찮아. 괜찮아. 경찰 아저씨들이 지켜줄 거야. 괜찮아.”

“으하아아앙! 엄마…… 엄마아아아!”

“아아아앙!”

아이들은 울음을 그치지 않았다. 해영이야말로 울고 싶었다.

쨍그랑-!

그때, 교실 창문이 깨지며 호리호리한 인영이 안으로 들어왔다.

인간이 아니라는 걸, 해영은 보는 순간 알았다.

머리 쪽에 달린 뾰족한 귀, 히죽 웃는 입술 사이로 보이는 날카로운 송곳니, 길게 자란 손톱.

‘범……!’

처음 보는 범을 감상할 겨를은 없었다.

해영은 두 팔을 벌려, 어떻게든 아이들을 품에 안으려고 노력했다.

“시끄러운 것들.”

범이 으르렁거리듯 말하며 다가왔다.

“그, 그러지 마세요……!”

해영이 아이들을 뒤로 보내고 앞으로 나서서 두 팔을 벌렸다.

"아, 아이들이잖아요. 아직…… 아직 애기들이잖아요."

"흥!"

범이 콧방귀를 뀌었을 때였다.

범이 들어온 창문으로, 한 남자가 조용히 들어오고 있었다.

제12화

또 다른 만남